rororo

Moritz Rinke, 1967 geboren, lebt in Berlin und zählt zu den wichtigsten und meistgespielten deutschsprachigen Gegenwartsdramatikern. Seine Stücke «Der Mann, der noch keiner Frau Blöße entdeckte», «Männer und Frauen» und «Republik Vineta», das 2001 zum «Besten deutschsprachigen Theaterstück des Jahres» gewählt wurde, liegen in dem Band «Trilogie der Verlorenen» (rororo 23194) vor. Im Rowohlt Taschenbuch Verlag sind ferner erschienen: die Geschichtensammlung «Der Blauwal im Kirschgarten» (rororo 23455) sowie als Rowohlt Paperback Rinkes Neufassung der «Nibelungen».
Zuletzt lief auf deutschen Bühnen sein Stück «Die Optimisten».

«Café Umberto» wird im Herbst 2005 fast zeitgleich am Düsseldorfer Schauspielhaus und am Thalia Theater Hamburg uraufgeführt, gefolgt von weiteren Inszenierungen.

Das Vorwort zu dieser Ausgabe schrieb John von Düffel, selbst erfolgreicher Dramatiker und Romancier.

Moritz Rinke

CAFÉ UMBERTO

Szenen

Mit einem Vorwort von John von Düffel

Rowohlt Taschenbuch Verlag

Originalausgabe
Veröffentlicht im Rowohlt Taschenbuch Verlag,
Reinbek bei Hamburg, Oktober 2005

Aufführungsrechte Rowohlt Theater Verlag,
Hamburger Straße 17, 21465 Reinbek bei Hamburg
Umschlaggestaltung any.way, Cordula Schmidt
(Foto: Denis Cohadon, Trevillion Images)
Satz aus der Minion PostScript, InDesign,
bei Pinkuin Satz und Datentechnik, Berlin
Druck und Bindung Clausen & Bosse, Leck
Printed in Germany
ISBN 3 499 24185 4

Inhalt

Die Liebe in den Zeiten der «Ich-AG»

Zu «Café Umberto» von Moritz Rinke

Vorwort von John von Düffel

Die schlechte Nachricht vorweg: Dieser Stoff wird Theatermacher und Theatergänger sehr viel länger beschäftigen, als es der üblichen Halbwertszeit von Spielplanmoden entspricht. Das Thema Arbeit bzw. Arbeitslosigkeit kommt nicht in Wellen, es ist da, und es wird bleiben, ob man es wahrhaben will oder nicht. Und die Fragen, die damit zusammenhängen, sind keine windigen Exkursgelegenheiten für den Zeitgeist, es sind Fragen, denen auf Dauer niemand entgeht.

Neu sind sie nicht. Es gibt keine Arbeitslosigkeit bei Shakespeare, doch seit den Anfängen des Industriezeitalters, seit Gerhart Hauptmanns «Die Weber» ist die Frage der Arbeit das geheime Zentrum der Auseinandersetzung und Selbstverständigung einer sich immer schneller verändernden Gesellschaft. Arbeit ist die soziale Definitionsmacht schlechthin, stärker als Herkunft oder Tradition. Und Autoren wie Ödön von Horváth, Bertolt Brecht oder Franz Xaver Kroetz haben es immer wieder geschafft, die Frage ihrer Entfremdung, ihres Verlusts in den Mittelpunkt ihrer Stücke zu stellen.

Mehr Aufmerksamkeit, als das Thema Arbeitslosigkeit im Augenblick publizistisch bekommt, geht nicht. Doch das macht die ästhetische Auseinandersetzung damit nicht gerade leichter. Im Gegenteil. Gegenüber der Dramatik des Faktischen auf den Politik- und Wirtschaftsseiten sämtlicher Zeitungen bleibt dem Drama als Kunstform kaum mehr als das Verstummen. Die Brutalität der Zahlen und Statistiken, die tiefe Enttäuschung und Ermüdung im Zuge immergleicher Diskussionen und Reformversuche bei der Verwaltung des Vergeblichen, der Schock des Einzelschicksals und der Zynismus seiner politischen Instrumentalisierung – all dies ist von einer Ungeheuerlichkeit und Alltäglichkeit gleichermaßen, vor der die Mittel des Theaters versagen.

Arbeitslosigkeit ist längst kein Randgruppen-, kein Unterschichtenthema mehr, kein Stoff für vergessene Milieus und kollektive Übungen in schlechtem Gewissen gegenüber einer Minderheit von Modernisierungsverlierern. Verlierer sind wir alle, diese Angst beherrscht die Mitte der Gesellschaft, sie ist so umfassend wie lähmend, und die einzige Botschaft, die uns kurz vor der völligen Paralyse noch bewegt, ist die alarmierende Maxime, die sich keiner zweimal sagen lassen sollte: Rette sich, wer kann!

Die Angstgesellschaft ist ein schwieriges, schwer zu fassendes Publikum, und so verlegen sind die Theaterdirektoren nie gewesen. Während es bis in die jüngste Vergangenheit immer wieder darum ging, die bürgerliche

Sicherheit und Selbstgewissheit zu erschüttern, um eine Lücke, einen Spalt zu schaffen für den Schrecken der Erkenntnis, ist diese Stabilität der bildungsbürgerlichen Mitte heute nicht mehr gegeben. Anstelle eines brav und bieder gesinnten Kollektivs sehen sich die Theatermacher neuerdings einem Publikum gegenüber, das aus lauter Fachleuten der Verunsicherung besteht: aus Experten in Sachen Angst.

Die Bedrohungen des real existierenden globalen Wettbewerbs lassen jedes Wohnküchen-Sozialdrama als unzulässige Verniedlichung erscheinen. Und auch die Nachahmung der bösen Adepten des Kapitals auf der Bühne mit Aktenkoffer und Nadelstreifenanzug, ihre gespielte Kälte und Rücksichtslosigkeit, hat einen schalen Beigeschmack: So stellt sich Lieschen Müller eine Vorstandsetage vor. Jeder, der eine Kündigung erlebt hat, jeder, der Stunden auf einem Amt sitzen musste, weiß, wie grausam und gewöhnlich diese Dinge in Wirklichkeit sind. Unerträglich wird da alles theatralische Gewese, unglaubwürdig jede sinnhafte Fiktion. Das Theater scheint zur Harmlosigkeit verurteilt angesichts der Überdosis von Realität in den Köpfen.

Kann man also über Arbeitslosigkeit noch schreiben?

Grundsätzlich nein, jedenfalls nicht auf die herkömmliche, gut gemeint sozialkritische Art. Mit ihrer Abbildung auf der Bühne ist dieser Realität nicht beizukommen, mit ihrer stereotypen Anklage macht man sich vor den Angstexperten im Zuschauerraum lächerlich.

Der einzige Weg zu diesem Thema ist der Umweg. Und eine solche, sehr persönliche Abschweifung ins Herz der Sache hat Moritz Rinke mit seinem neuesten Stück gewagt: «Café Umberto» ist kein Arbeitslosen-Drama, es sind drei Liebesgeschichten aus der Arbeitslosigkeit.

Rinke verlässt den großen gesellschaftspolitischen Diskurs, um ihn in der kleinsten sozialen Einheit aufzusuchen: dem Paar. Der erfolglose Musiker Jaro und die vagabundierende Kreuzberger Kleiderkünstlerin Jule wollen eines werden, der arbeitslose Dozent Anton und die brotlose Malerin Paula wollen es bleiben, und der schwer vermittelbare Erdkundelehrer Lukas und die angesagte Moderatorin Sonia Berger kämpfen in ihrer ungleichen Zweierbeziehung den Klassenkampf der Geschlechter entlang der Demarkationslinie des Systems – sie ist drinnen, er draußen.

Damit ist auch die soziale Frage umrissen, die das Stück im Mikrokosmos des Privaten stellt: Gibt es ein Leben außerhalb des Marktes? Gibt es so etwas wie Liebe und einen individuellen Sinn jenseits der materiellen Werte und Entwertungen der Leistungsgesellschaft? Oder konkreter gefragt: Ist es möglich, im voll automatisierten Kundenbereich einer neuerdings «Arbeitsagentur» genannten Mammutbehörde zu sitzen und dennoch seine persönliche Würde zu wahren, trotzdem liebesfähig und liebenswürdig zu bleiben?

Moritz Rinke hat nicht nur drei Beziehungsgeschichten im Zeichen von Hartz IV geschrieben. Wie ungewöhnlich sein Zugang ist, wird deutlich, wenn man sich die Kundschaft des «Café Umberto» einmal genauer anschaut: Es sind keineswegs die für Sozialdramen typischen Lohnarbeiter und abhängig Beschäftigten, nicht die Subalternen aus der Angestelltenwelt oder der White Trash aus dem Heer der Arbeitslosen in zweiter Generation. Vielmehr handelt es sich – bis auf den vom Winde verwehten Landwirt August Kück, der sein ganzes Leben in Form eines Papierstapels vor sich her trägt – vor allem um Menschen mit kreativen Berufen. Rinkes traurige Helden sind aus Sicht der wegrationalisierten Kundenberater überwiegend Selbständige, Freiberufler, «Freischaffende», wie es so schön heißt. Als Musiker, Maler oder Kleidermacher haben sie keine Furcht erregenden Vorgesetzten, keine unmenschlichen Personalchefs und keine Manager, die damit drohen, die Produktion ins Ausland zu verlagern. Sicher brauchen auch sie Auftraggeber und Abnehmer für ihre Werke, dennoch sind sie Unternehmer in eigener Sache, und sie wären prinzipiell frei, sich selber Arbeit zu geben, Beschäftigung nicht nur zu finden, sondern zu erfinden, indem sie sagen, ich komponiere jetzt dieses Stück, ich male jetzt dieses Bild, ich entwerfe dieses Kleid. Doch eine solche Schöpfung aus dem Nichts – der vorkapitalistische Kunstakt ohne kostspielige Produktionsmittel und das Geld anderer Leute –, genau dies geht nicht mehr. «Café Umberto», scheinbar gegenwartsnah in der Endphase einer Reformära angesiedelt, beschreibt eine Zeit, in der nicht nur die Produktionsstandorte schließen und die

Banken die Banker entlassen, sondern auch die Kreativen ihr Schaffen einstellen. Der Künstler als Angestellter seiner eigenen «Ich-AG» eliminiert sich zwangsläufig selbst. Und er fängt an, sich in Nebenjobs zu negieren: als Handelsvertreter für Ozonerzeuger, Gartenpfleger oder Street-Gala-Verkäufer. Dabei dürfte es kaum ein Trost für alle Beteiligten sein, dass sich auch der systembejahende Agenturleiter Herzberg in letzter Konsequenz selbst abschafft.

Die Herabwürdigung des Schöpferischen zur Dienstleistung und die Reduktion der Rolle des Künstlers auf einen Serviceanbieter im voll automatisierten Kundenbereich haben Paula und Jaro zutiefst ernüchtert. Das wäre vielleicht anders, wenn sie ihre Kunst weniger ernst nähmen und als Hobby, nicht aber als Beruf und Berufung verstehen würden. Doch beide können sie nicht mehr malen oder komponieren, einfach so, dazu hat der Markt zu viel mit ihnen gemacht, dafür war der Druck der Deformation zu stark. Man müsste an irgendetwas glauben können, an einen Adressaten, ein paar verständige Zeitgenossen oder an eine Nachwelt. Doch diese notwendige Illusion – das Urvertrauen in das Verstandenwerden – ist Jaro und Paula abhanden gekommen. Sie haben die Entzauberung ihrer Begabung durch den Markt stillschweigend akzeptiert und sich von dem Mangel an Nachfrage zum Verschwinden bringen lassen.

Paulas vermutlich letzte Werke – die einzigen, von denen wir erfahren – sind Deckenmalereien für einen Frisiersalon, die den Kunden bei der Haarwäsche Ablenkung verschaffen sollen. An ihrem zunehmenden Verstummen, an dem Martyrium ihres Stillerwerdens kann man ablesen, dass sie es inzwischen nicht mehr übers Herz bringt, sich mit ihrer Kunst nützlich zu machen. Vielleicht empfindet sie deren Kommerzialisierung als Verrat, vielleicht ist sie auch nur erschlagen von der Vergeblichkeit ihrer Bemühungen und dem fortschreitenden Gesichtsverlust ihres Partners Anton, in dem sich ihre eigene Erniedrigung spiegelt. Es scheint, als hätte Paula längst die Hoffnung verloren, irgendwer könnte bemerken, dass zwischen Malerei und der Gestaltung kundenfreundlicher Oberflächen ein Unterschied besteht. Wie aus dem Traum gerissen, steht sie vor der Leere ihres Lebens, das sie vergessen hat, mit einer anderen Liebe als der zu ihrer Arbeit zu füllen.

Jaro indessen ist vehementer in seinem Nichtstun. Bei ihm handelt es sich weniger um Resignation als um erklärte Verweigerung. Ob Lebenslüge oder letzte Wahrheit: Seine Kunst ist ihm in ihrer Unkonsumierbarkeit heilig. Er lehnt den Markt ab, der Markt lehnt ihn ab, und das ist, wie Jaro meint, gut so! Niemals würde er mit seiner Musik betteln gehen und für Passanten in der Fußgängerzone aufspielen. Seine Arbeit, auch wenn er sie kaum mehr ausübt, ist für ihn das letzte bisschen Würde, das er nicht preiszugeben bereit ist. Lieber sitzt er stumm am Straßenrand, musiziert in Gedanken und zieht einen Kreis der Stille um sich.

Auch die Kreuzberger Kostümschneiderin Jule mit ihrem Kleidertraum von «Berlin am Meer» ist eine

Künstlerfigur, doch sie wirkt gefährdeter, gefährlicher und unberechenbarer als alle anderen. Sie ist die Unruhe in diesem Stück. Jaro will Jule durch seine Liebe retten. Für sie ersinnt er einen Liebesbeweis, der zu der größten gemeinsamen Anstrengung des Figurenensembles im Kundenbereich gerät: eine Modenschau mit Umberto, dem Namenspatron des Nischencafés, als Modell und den üblichen Verdächtigen als fingierten Modenschaubesuchern, denen Jaro sein letztes Geld zugesteckt hat, damit sie Jules Kleider kaufen. Er inszeniert für seine Liebe ein Laufstegtheater im Theater, auf dem man ihre Kollektion bewundert und ihre Arbeit würdigt, indem man sie bezahlt. Das ist verzweifelt naiv, aber auch bezeichnend. Die bessere Welt, die Jaro für Jule erfindet, ist nichts anderes als ein fiktiver Markt, auf dem sich ihre Kunst verkauft, die in Wirklichkeit daran krankt, dass sie sich nicht zu Geld machen lässt. Damit ist das Prinzip von Angebot und Nachfrage endgültig auch in der Phantasie, in der Fiktion angekommen. Die Gesetze des Marktes beherrschen alle Lebensbereiche, die der Liebe und die der Kunst. Es gibt keine ästhetischen Parallelwelten und keine Schutzzonen des Privaten, nicht einmal im Traum. Ökonomie ist alles. Und so bleibt auch Jule nicht viel mehr als die Zerstörung dieses Traumes und das Sich-selbst-Wegschließen in Stille.

Wie sehr sich die ökonomische Umwertung aller Werte in das Privateste und Intimste einschreibt, lässt sich an der Beziehung von Lukas und Sonia ablesen. Während die anderen Paare mit dem System kämpfen, kämpfen Lukas und Sonia mit sich selbst, die Kluft des Systems geht durch ihre Liebe hindurch. Lukas fühlt sich durch Sonias Erfolg annulliert: Auf den Partys und Gala-Veranstaltungen ist er der Unsichtbare an ihrer Seite, auf ihren Spesenquittungen taucht er nicht auf. Was er an Latte Macchiato konsumiert, verschwindet unter «Redaktionsaufwendungen» mit fremdem Namen. Sonia hingegen scheint den Beweis antreten zu wollen, dass es möglich ist, eine erfolgreiche, prominente TV-Moderatorin und gleichzeitig eine integere Person zu sein, die zu dem Menschen steht, für den sie sich entschieden hat. Fast zerreißt es sie in dem Versuch, Beruf und Privatleben zu trennen, sich nicht fremdbestimmen zu lassen, denn immer wieder schiebt sich ihr Image vor sie selbst, immer wieder beansprucht das Medium ihre ganze Person. Vielleicht geht es ihr gar nicht nur um Lukas, sondern auch um das Gefühl, sich noch ein Stück weit selber zu gehören.

Unter den drei Liebesgeschichten ist der Geschlechterklassenkampf zwischen Lukas und Sonia sicher am komischsten: Anders als die anderen Wiedergänger des Kundenbereichs gibt sich Lukas keinerlei Mühe, seine Fähigkeiten in irgendeiner Form bzw. Deformation zu Markte zu tragen. Er sucht keine Arbeit, sondern arbeitet sich an Sonia ab. Die Not seiner Annullierung führt nicht wie bei den anderen ins Verstummen und Verschwinden, er kehrt sie nach außen als Demonstration, als offenen Protest – auch wenn Lukas weniger gegen die Gesellschaft demonstriert als gegen seine eigene Frau und das Ausmaß, in dem die Gesellschaft von ihr Besitz ergriffen hat. Mit seinem Diaprojektor, mit den Titeln und Deutungen, die er seinen Bildern gibt, reproduziert Lukas einen Gestus der Kunst, der den eigentlichen Künstlern unter den Ausgemusterten längst abhanden gekommen ist: Er klagt an! Er findet einen – seinen – Ausdruck für die Missstände und Verletzungen der Menschenwürde, die ihm widerfahren. So wird der von einem kreativen Beruf am weitesten entfernte Erdkundelehrer zum Aktionskünstler. Während sich die Berufenen ihrer eigenen Überflüssigkeit ergeben, begehrt er auf. Doch der Aufstand, den Lukas probt, ist nicht ideologischer oder allgemeiner Natur, er speist sich aus den privatesten, persönlichsten Motiven. In den Szenen, die er Sonia macht, wird die Beziehungskiste zur kapitalismuskritischen Kampfzone, zeigt sich die aus den Fugen geratene Welt als schief hängender Haussegen. Was bleibt, bei aller Komik, ist das vergebliche Aufmucken eines Menschen, dessen Daseinsberechtigung asymptotisch gegen null geht.

Die Themen Arbeit, ihr Verlust und das Verlorengehen in der Zeit sind in der Schreibbiographie von Moritz Rinke nicht neu. Er hat mit seinen Stücken «Der Mann, der noch keiner Frau Blöße entdeckte», «Republik Vineta» und «Die Optimisten» den Fokus auf die Arbeitswelt und die Verwerfungen der Globalisierung immer weiter geschärft. «Der Mann, der noch keiner Frau Blöße entdeckte» war noch so etwas wie eine Annäherung an den gesellschaftlichen Ist-Zustand: die Parabel einer Einübung in das moderne Leben und somit die Geschichte einer verlorenen Unschuld. Direkter zur Sache kommen die ausgemusterten Führungskräfte in «Republik Vineta», die ohne ihr Wissen an einem Arbeitssucht-Therapieprogramm teilnehmen und dabei sozusagen unfreiwillig eine Utopie entwerfen. Und Rinkes «Optimisten» auf Bildungsreise kreisen in ihren ohnmächtigen Anti-Globalisierungs-Diskursen geradezu klaustrophobisch um Engagement und Weltverbesserung.

Inhaltlich ist «Café Umberto» eine Fortsetzung, eine weitere Spiralwindung in Rinkes Beschäftigung mit dem Widersinn unserer durch und durch ökonomisierten Zeit. Formal jedoch ist es anders, offener. «Szenen» nennt der Autor diesen Text und grenzt «Café Umberto» damit bewusst von seinen bisherigen Stücken ab. Es existiert kein übergreifender Plot wie bei «Republik Vineta» mit handlungsspezifischen Wende- und Höhepunkten. Es gibt auch keine festgeschriebene Ein-Raum-Situation wie bei «Der Mann, der noch keiner Frau Blöße entdeckte» oder den «Optimisten», die in einer Hotellobby gefangen sind und sich von einer unsichtbaren terroristischen Rebellenorganisation bedroht sehen. «Café Umberto» ist eine Szenenfolge von Situationen, Begegnungen, Paarkonflikten, die sich in einem lockeren raumzeitlichen Zusammenhang abspielen. Es ist nicht mehr die Handlung, nicht der Plot, der die verschiedenen Geschichten zusammenhält, sondern das Thema selbst.

Doch trotz dieser aufgelockerten, aufgelösten Erzählweise, trotz der Vereinzelung der Figuren innerhalb des für Rinke typischen Ensemblestücks machen diese drei einander kreuzenden Geschichten über die Liebe in Zeiten der «Ich-AG» eine große gemeinsame Bewegung: Sie führen unweigerlich in den Verlust, in das Verstummen und erzählen in ihren Obertönen die Geschichte eines Stillerwerdens mit. Fast scheint es, als hätte der stumme Umberto, dem es beim Betreten dieses Landes die Sprache verschlagen hat, intuitiv erkannt, was die drei Paare erst im Laufe ihrer Geschichte schmerzlich erfahren müssen: dass man an der Wirklichkeit, wie sie ist, mit Worten scheitert.

Alles in allem wäre dies ein vernichtendes Fazit, doch Umbertos wortlose Weisheit geht noch weiter. Er ist die einzige Figur, die handelt, ohne zu reden, die einfach etwas unternimmt, das auf ganz natürliche Weise angenommen wird. Sein legendärer Latte Macchiato ist der letzte Trost auf der Endstation Arbeitsvermittlung. Er tut wirklich und wahrhaftig gut, auch wenn er in absurder, fast schon Hohn sprechender Weise dem In-Getränk aller Geschäftigen ähnelt, Koffein ist Kokain für Arme, nur dass ein Aufputschmittel für die Gäste des «Café Umberto» keinen Sinn ergibt. Bei ihnen führt die Beschleunigung und Erhöhung der Schlagzahl nicht zu vermehrter Aktivität, sie verschwindet wie jeder Elan in der Lähmung. Die Kaffeepause im «Café Umberto» dauert lebenslänglich und endet mit dem Tod.

Die eigentliche Provokation, die Moritz Rinke mit

«Café Umberto» für das Theater bereithält, ist jedoch nicht eine wie auch immer geartete Botschaft. Sie liegt in der Empathie, mit der er seinen Figuren folgt und den Leser respektive Zuschauer in das Leben dieser Leute verstrickt, in ihre Liebe und deren Verlust. Nicht zuletzt das mag der Grund sein für die ungewöhnlich akademisch-künstlerische Berufswahl seiner Personage, mit der er das Sozialdrama der Underdogs konterkariert.

In «Café Umberto» sind eben nicht nur sprachlose «arme Schweine», die man mit soziologischem Blick und einer wohltuenden Portion Theaterdistanz vom Zuschauerraum aus betrachten kann. Es sind nicht «die da unten», sondern Menschen auf dem Bildungsniveau des Theaterbesuchers, Menschen aus unserer Mitte. Diese Figuren nah an sich heranzulassen, sie bei aller Tragik nicht als Sozialfälle zu zeichnen und bei aller Komik nicht von außen, sondern von innen, das ist die Herausforderung an die Umsetzung dieser Szenen auf der Bühne. Und es ist der einzig mögliche Umweg zu dem Thema unserer Zeit: den soziologischen, quasi-publizistischen Blick außer Kraft zu setzen und die größtmögliche Nähe zu diesen Figuren zu riskieren.

CAFÉ UMBERTO

Szenen

«Von meiner früheren Kindheit an sitzt ein Pfeil des Leides in meinem Herzen. Solange er da sitzt, bin ich ironisch – wird er herausgezogen, so sterbe ich.»

Kierkegaard, Tagebücher

Personen

Jaro
Jule

Lukas
Sonia

Anton
Paula

Umberto

Herzberg

Der Mann mit dem
Papierstapel (August Kück)

Der junge Mann

Reporter,
Stimmen im Wohnheim und in der Psychiatrie

1.

Der Saal eines Amtes. Eigentlich für ein Arbeitsamt ein schöner Saal, nur ziemlich heruntergekommen, die Kommune ist vermutlich in die Krise geraten. Eine riesige Tür, darüber diese klassische Nummernanzeige, gerade mit Ziffer 0. Es gibt auch den Nummernautomaten, Sitzbänke, Bilder, ein großes Fenster, vielleicht eine Fahne irgendwo, den Block einer staatsmännischen Büste und einen einfachen Coffee-Shop, der noch geschlossen ist, obwohl der Betreiber, der Umberto heißt, davor sitzt, gedankenverloren an einem kleinen Tisch. – Jaro betritt das Amt mit einem Musikinstrument. Er zieht eine Nummer, eine Stimme ertönt wie beim Navigationssystem: «Guten Tag, Sie sind die Nummer eins, bitte nehmen Sie einen Augenblick Platz. Danke!»

Jaro

Das ist neu! Das ist doch neu? Das war gestern noch nicht. – Guten Tag.

Er setzt sich mit seinem Instrument und seiner Nummer und starrt auf die 0 über der Tür.

Jaro

Die Nummer eins hatte ich noch nie.

Nichts passiert.

Jaro

(wendet sich der Büste zu) Ein großer Reformer. – Ich trink heut mal einen doppelten. – Mein letztes Stück, das im Rahmen der Marktgesetze stattfand, war «Love, Space & New Spirit, Everything With You in a Living Train». Dann kam Musicmotor, die haben die Firma geschluckt, wo ich eigentlich … da musste ich hin. In den dreiundzwanzigsten Stock. Zu einem Hitkicker. Das sind die, die geben einem Song den Hitkick. Als ich unten aus dem Fahrstuhl wieder rauskam, hieß mein Lied «Sex». Erklär mir mal, warum …? Also, ich versteh überhaupt nicht, warum die dafür Geld haben? *(Starrt den Nummernautomaten an)* Seh ich doch selber, welche Nummer ich bin. – Living Train kam überhaupt nicht mehr vor! Hast du neue Öffnungszeiten?

Umberto, der die ganze Zeit zu warten schien, bis Jaro ausgeredet hat, gibt ihm einen Zettel.

Jaro

Bis später.

Umberto geht hinaus. Jaro setzt sich. Steht wieder auf und zieht einfach eine neue Nummer.

Der Automat

Guten Tag, Sie sind die Nummer zwei, bitte nehmen Sie einen Augenblick Platz. Danke!

Nichts passiert. Jaro nimmt sein Instrument und wendet sich der Büste zu. – Eine junge Frau in einem Kleid und mit einem sehr großen Koffer kommt herein.

Jaro

– Hallo.

Jule

– Hallo.

Beide sitzen. Schweigen.

Jaro

Darf ich Ihnen eine Nummer überreichen? Ich habe zwei. Ich gebe Ihnen die Eins, wenn Sie möchten. – Bitte.

Schweigen.

Jaro

Dahinten, da gibt's den besten Espresso mit Milchschaum in der ganzen Stadt.

Schweigen.

Jaro

Es geht bald los. – Er holt die Milch. Die Leute sagen, seit er in dieses Land gekommen ist, ist er stumm.

Jule

Ich hab das Gefühl, mich beißt gleich ein Hund.

Schweigen.

Jaro

Hier ist eigentlich kein Hund.

Schweigen.

Jaro

Meinen Sie den da? – Also, der ist im Prinzip ein Denkmal.

Er betrachtet die Büste des Reformers.

Jaro

Wie halten Sie mich für einen ernst zu nehmenden zeitgenössischen Komponisten mit dem Zeug zum Klassiker? So? – Oder so? *(Lächelt)*

Schweigen.

Jaro

Auf meinem letzten Cover war ein Massaker abgebildet. Ich wollte überhaupt kein Massaker. Ich wollte einen Lokomotivführer, und um die CD herum wäre ein Zug gefahren, kein ICE, eher so etwas zwischen Jim Knopf und Udo Lindenbergs Sonderzug. In den Waggons werden Szenen dargestellt aus einer Gesellschaft, die ich mir so vorstelle: Erster Waggon: ein küssendes Paar, als Grundmotiv. Das Paar sitzt im Waggon 64 dann immer noch Hand in Hand … Jetzt zu viert oder fünft, aber zwei total grau, woran man erkennen kann, die sind zusammengeblieben, ich bin ja schon froh, wenn das wenigstens mal klappt.

Schweigen.

Jaro

Die Musik selber sollte durch 64 Waggons hindurchwandern wie durchs Leben, aber schon in Waggon 2 bin ich mit meinem Grundmotiv in ein Massaker geraten. Ab Waggon 3 war alles tot. Wollen Sie danach verreisen?

Schweigen.

Jaro

Dann sind Sie gerade angereist? Übersee?

Jule

Nicht weiter fragen. *(Starrt auf ihre Nummer)* – Ich weiß gar nicht mehr, wie lang eine Bar aufhat.

Jaro

– Wie heißen Sie?

Sie steht auf, öffnet den Koffer, nimmt ein Feuerzeug. Hält jetzt eine brennende Papierakte in der Hand und senkt sie langsam in den Koffer.

Jaro

Sind Sie … Achtung! *(Greift die brennende Akte)* Moment bitte. *(Rennt damit hinaus)*

Jule zieht ihre Schuhe aus. Sie steigt auf die Fensterbank. Sieht hinunter, in die Tiefe. Jaro kommt wieder herein.

Jaro

– – Was machen Sie da?

Jule

Geben Sie mir den Koffer!

Jaro

Warum?

Jule

Entweder der Koffer oder ich!

Jaro

Ich versteh kein Wort. Wir gehen jetzt in eine Bar!

Jule

Koffer!

Jaro

Okay. Zumachen?

Jule

Ja! Wie soll man denn so schnell eine Firma … ? Ich hab ja nicht mal ein Schaufenster! Ich will, dass hier alles rausfliegt und da unten liegt wie eine Anklage.

Jaro steht jetzt mit dem großen Koffer vor dem Fenster. Er schaut zu Jule hoch.

Jaro

Darf ich noch einmal fragen, Sie wollen Ihren Koffer da jetzt runterwerfen, um die hier anzuklagen? Ich geb Ihnen lieber wieder Feuer. *(Hält ein Feuerzeug hoch)*

Jule

Erst den Koffer!

Jaro

Jawohl.

Er hebt den Koffer hoch, der dabei aufgeht. Jaro fallen circa 20 Kleidungsstücke entgegen.

Jule

Passen Sie doch auf!

Jaro

Ich bin hier nicht der Gepäckdienst! Ich will meine Nummer wieder! – – Was machen wir denn jetzt?

Jule

– Tut mir Leid. *(Schaut in die Tiefe)* – Das ist seltsam.

Jaro

– Entschuldigung. Haben Sie eine Boutique überfallen? Da sind ja überall Preisschilder dran …

Sie sieht immer noch in die Tiefe, er zieht einfach eine Jacke an.

Jule

Andersrum.

Jaro

Wie?

Jule

Umdrehen!

Jaro

Ah! So?

Jule

Ja.

Jaro

Ist Ihnen das nicht ein bisschen zu groß?

Jule

Für Männer. Sieht man das nicht? – Die Knöpfe!

Jaro

Aha. Möchten Sie vielleicht mal runterkommen zur Beratung?

Schweigen.

Jule

Ich dachte, ich kauf die Stoffe, fange an, und nach und nach … Die drücken einem hier irgendein «Aktivpaket» in die Hand, und dann sitzt man damit zu Hause rum. Ich hatte die Kleider an Schnüren von oben aus der Wohnung auf die Hauptstraße gehängt. Das ist verboten. – Mein Ex-Freund hat zum Abschied für seine Schwester eins gekauft. Das war's. Ich hab das Geld genommen und mich betrunken.

Jaro

– Heißen die Stücke alle «Berlin am Meer»?

Jule

Ja.

Jaro

Sie tragen das Preisschild da am Ärmel, damit man weiß, dass Sie …

Jule

Ja.

Jaro

Ich möchte diese Jacke kaufen. Geben Sie mir die Adresse, ich komme und kaufe sie. Ist das Baumwolle?

Jule

Ihre Hand? – Geben Sie mir Ihre Hand.

Er reicht ihr die Hand. Sie steigt hinunter. – Sie ordnen gemeinsam die Kleider. Sie schließt den Koffer. Sie sitzen wieder.

Schweigen.

Ein Signal. Die Nummer eins leuchtet über der Tür auf. Umberto kommt mit ein paar Tüten Milch herein. Jule nimmt ihren Koffer und geht auf die Tür zu.

Jaro

Jaro. Guten Tag. Ich wollte mich noch … Ich warte, bis Sie … Lassen Sie sich von denen da drin nicht … Ein bisschen ist das auch Gewöhnung.

Sie geht durch die Tür und ist weg. – Er steht etwas versunken vor der Tür. Umberto geht in seinen Shop und beginnt.

Jaro

Hast du einen Hammer? – Wir brauchen auch Wassereimer zum Löschen. Das kleine Kantholz da hinten, kann ich das … Wenn sie da wieder rauskommt, muss das Fenster … *(Steht schon auf dem Fensterbrett)*

Umberto stellt einen Wassereimer hin. Jaro hält das Kantholz quer über die Fenstersprossen. Umberto steht unten und hält Nägel hin. Jaro nagelt.

Anton und Paula laufen herein.

Paula

Wenn man sich bewirbt und dann endlich eingeladen wird, dann berät man sich doch gemeinsam? Und sagt nicht einfach hinter meinem Rücken ab! Das hätten wir doch irgendwie geschafft!

Anton

Da bin ich mir nicht sicher. Wenn einem im Begleitschreiben gesagt wird, dass man sich auf einen Sumokampf einrichten soll, dann bin ich mir nicht sicher.

Paula

So sind solche Sendungen, das ist ja der Witz. Die wollen Liebesbeweise.

Anton

Gerne. Aber nicht ausgerechnet Sumokampf! Ich hätte gegen Takanohana kämpfen sollen.

Paula

Gegen wen?

Anton

Takanohana! Du hast das Begleitschreiben gar nicht richtig gelesen. Den lassen die extra aus Japan einfliegen, der wiegt zweihundertachtzig Kilo und ist sieben Jahre jünger als ich!

Paula

Na und? Der kann sich doch kaum bewegen. Den Scheißjob hab doch ich. Ich sitz da auf'm Sofa rum und muss unser Leben erzählen, während du da 'n bisschen Sumo machst!

Anton

Wenn Takanohana auf mich drauffällt, bin ich tot! Ich hab den auf Eurosport gesehen. Im Kampf um den Kaiserpokal. Der hat neun Bauchfalten, und weißt du, wie groß so eine Falte ist? Wie die Wellen, als wir einmal an der Küste der Bretagne waren!

Paula

Was hast du denn gedacht? Meinst du, du musst da für die Kohle 'n abgelaufenen Joghurt essen? Mein Gott, wir haben sogar extra in einen Lehrgang investiert!

Jaro hat die ganze Zeit nicht gewusst, ob er bei diesem Gespräch weiterhämmern kann, schlägt aber jetzt diskret einen Nagel ins Holz. Anton dreht sich um.

Anton

(zu Paula) Psst!

Paula

Ich bin enttäuscht. Ich bin von unserem Leben enttäuscht.

Anton

Nicht so laut. – Lass uns darüber bitte in Ruhe …

heute Abend. Wissen Sie, «Wartezone für den akademischen Bereich», da war ein Pfeil draußen nach rechts … aber da ging es nicht weiter? Letzte Woche ging es da noch weiter!

Jaro

Das ist jetzt auch hier. Kundenservice 132 und 133 sind zusammengelegt.

Anton

Danke.

Paula

Als Kind ging ich zum Ballett. Ich weiß, dass Ballett nicht wichtig ist, aber es ist ein Sinnbild.

Anton

Ich weiß, Paula. Füll bitte das Formular aus.

Paula

Ich wollte, bis ich alt bin, tanzen. Aber jetzt, jetzt brennt der Saal.

Jaro versucht, irgendwie weiterzunageln.

Anton

Paula *(versucht, seine Worte mit dem Rücken abzuschirmen),* ich habe das Bild … dass ich dir einen Tanzsaal baue, immer geliebt. Die Vorstellung, dass du deine Kinderschritte bis in unser Alter immer weitermachen kannst … All das Schöne und Leichte von damals … Ich möchte es bis in diesen Moment verlängern. Wenn ich die Augen schließe und dich im Saal sehe … dann schaffe ich das. Beim Lehrgang, da ging es um die Überwindung von Schwellen … Peinlichkeit und Ekel … Von der Todesschwelle war keine Rede. Ich gehe für unseren Saal, für die ganze Welt sichtbar, unter mein Niveau … nicht ein bisschen, nein, einen Tunnel werde ich unter mir selbst durchgraben! Es ist ja nicht so, dass ich mir keine Gedanken mache, aber gegen Takanohana, da tue ich der Natur Unrecht an. Ich beleidige auch das ganze japanische Volk.

Paula

Das ist doch dem japanischen Volk egal!

Anton

Nein! Ein Mann wie ich hat im Sumoring nichts zu suchen.

Paula

Mir geht die Szene mit dem Kuchen nicht aus dem Kopf.

Anton

Könntest du ein bisschen leiser …?

Paula

Wo ist dein Stolz, warum trotzt du nicht der Welt?

Anton

Merk dir die Fragen, wir gehen das zu Hause von vorne bis hinten …

Paula

Wo bitte sind sie denn geblieben, deine Eier, die ich nicht mehr spüre, nicht mehr sehe, und sogar beim Bäcker, wegen eines Kuchens!

Anton

Ja, wir reden über ein Stück Kuchen. Wo ist bitte das Problem?!

Paula

Ich bin in die Schlange zurück! Ich wollte dich nicht mehr kennen!

Anton

Ich habe es als Sachfrage gestellt, der Tonfall, darauf habe ich extra geachtet, war interessiert! Ich wollte wissen, was so ein Betrieb in der heutigen Zeit für einen Butterkuchen berechnet, da war überhaupt keine Verzweiflung drin!

Paula

Doch! Ich kenne deine Stimme. Es war so schrecklich, ich habe förmlich gesehen, wie deine Eier da durch die Bäckerei weggerollt sind.

Anton

Welche Eier denn?!

Paula

Die da! *(Zeigt auf seine Hose)* Die sind jetzt weg! Der Sex weg. Die Würde, auch weg …

Anton

Nein, Geld! Nur Geld! Wir haben einfach grad wenig Geld, das ist alles! *(Wendet sich Jaro und Umberto zu)* Der Sumokampf, über den wir hier angeregt sprechen, hat zu tun mit der japanischen Götterwelt. In grauer Vorzeit gab es einen Ringkampf zwischen dem Sonnengott und dem Sturmgott. Der Sturmgott siegte, der Sonnengott verbarg sich aus Scham in einer Höhle. Die Welt wurde dunkel. Ich füll meins jetzt aus. *(Setzt sich. Starrt auf sein Formular)*

Schweigen. Paula zieht eine Nummer.

Der Automat

Guten Tag, Sie sind die Nummer drei, bitte nehmen Sie einen Augenblick Platz. Danke! *(Noch eine)* Guten Tag, Sie sind die Nummer vier, bitte nehmen Sie einen Augenblick Platz. Danke!

Paula gibt Anton eine Nummer. Umberto geht in seinen Shop. Alle anderen sitzen. Schweigen.

Anton

Entschuldigung, haben Sie mir nicht mal die Haare gewaschen?

Jaro

– Ich? Salon Shift?

Anton

Ja! In der Pestalozzi!

Jaro

Kann sein.

Anton

Ist ja verblüffend. Wie klein die Welt ist.

Schweigen.

Anton

Ich hatte noch die Deckenbemalung erwähnt. Die hat nämlich meine Frau gemalt, meine Frau malt manchmal, in der Freizeit, wir kennen den vom Shift. – Das war extra gedacht für das Nach-oben-Gucken bei der Haarwäsche. Das ist psychologisch clever. Wenn man es nicht schafft, die Augen zu schließen, um die Haarwäsche zu genießen … wegen diesem sehr privaten Moment, dann kann man auf das Bild gucken. Man gibt dem Salon vor, das schöne Bild zu studieren, genießt aber unauffällig die Wäsche. Wie sehr die Menschen mit allem gesellschaftlich funktionieren! Ich glaube, Paula, es waren biblische Motive?

Jaro

Ein Freibad. Mit Frauenschwimmen.

Anton

Genau!

Paula laufen lautlos Tränen über das Gesicht.

Jaro

– Wenn Sie mir nicht aufgefallen sind, dann nur deshalb, weil ich immer selber die Augen geschlossen hatte. Ich arbeitete damals an Kompositionen wie Kopfschwingungen. Verschiedene Motive schnell hintereinander … Als laufe man mit einem Mal durch verschiedene Köpfe.

Schweigen.

Anton

Sind Sie jetzt hier Hausmeister? Oder sitzen Sie hier auch so …

Jaro

Auch so …

Anton

Guten Tag. – Sehr interessant. Wie konnten Sie dabei waschen?

Ein Mann läuft herein, mit einem tragbaren Kasten, direkt auf Umbertos Coffee-Shop zu.

Lukas

Einen Latte Macchiato bitte.

Er steht kurz unruhig da, dann setzt er sich. Schweigen.

Anton

Möchtest du auch einen, Paula? – Vier Espressi Macchiati bitte! Ich lad Sie alle ein.

Lukas

Ich zahle selber.

Jaro

Es gibt was Neues.

Lukas

Schon wieder?

Jaro

Ja, ziehen.

Lukas

Ich zieh heut später. *(Bekommt Kaffee)* Danke. *(Folgt Umberto)* Von gestern sind es acht. Jetzt sind es neun, ich zahle. Morgen … Am Freitag.

Umberto bringt weitere Kaffees.

Anton

Möchtest du noch einen Keks dazu, Paula? Du füllst ja gar nichts aus, mach zuerst die Unterschrift, das ist das Einfachste. *(Zu Lukas)* Darf ich Sie wenigstens zu irgendwas einladen? Wir haben uns doch vor einer Woche hier unterhalten?

Lukas

Ja, ja. Schon gut. *(Setzt sich)*

Schweigen.

Anton

Es ging um diese Frau …

Lukas

Es geht immer um diese Frau.

Schweigen.

Jaro

(zu Umberto) Hast du braunen Zucker?

Lukas

Die ist hier reinmarschiert, hat da zweiundfünfzig Latte bezahlt und ist dann freundlich grüßend dort wieder raus.

Anton

Ja, das waren Sie, ich meine, diese Frau, die kennen Sie persönlich …?

Lukas

(steht wieder auf) Umberto, wenn die hier wieder reinrauscht, so groß, Busen, Haare. Letzte Woche? Sonia Berger! Dann erhebe deine Hand. Nichts bezahlen lassen. Wir kleben da für sie einen Zettel hin. *(Setzt sich)*

Schweigen.

Jaro

Zum Wohl und auf die Zukunft der Reformen.

Schweigen.

Anton

Wirklich gut. Der hat Aroma.

Paula

Hat er das?

Jaro

Die Bohnen schickt sein Vater jede Woche aus Andalusien. Der Trick mit der Milch kommt von der Mutter, die ist die beste Milchschäumerin vom Comer See.

Lukas

Entschuldigen Sie, dass ich Sie so mit diesem Problem überfalle, aber ich rede hier nicht von Kaffee, sondern vom Krieg. Von Frauen, von Formen, die plötzlich da sind, und von Menschen, die immer kleiner werden. Von diesem Moment werden nicht einmal mehr die Ruinen zu sehen sein. *(Schließt die Augen und trinkt, so als wolle er den Augenblick für immer festhalten. Zu Umberto)* Setz die restlichen bitte auch noch auf meine Rechnung. Insgesamt jetzt zwölf.

Anton

Vielen Dank. Wir danken. Dann trink doch auch mal einen Schluck.

Paula

Ich wusste es.

Anton

– Entschuldigung. Was wusstest du?

Paula

Du.

Anton

Ich?

Paula

Ja.

Anton

– Wasser bitte. *(Springt auf)* Wasser! Meine Frau brennt. Dann trink doch Wasser? Ich wollte ja! Aber du merkst doch … das mit dem Latte … Ist ihm wichtig! Er will auch keinen Keks! Soll ich mich mit ihm prügeln? Halt's nicht mehr aus … Wie du innerlich mit deinem Saal vor dich hinbrennst. Ich weiß selber, dass man «Der hat Aroma» nicht mehr sagen kann! Meinst du, ich denk mir dabei nichts? Wenn ich sage «Der hat Aroma», dann bin ich in dem Tunnel. Ich geh dann schon mal kurz in den Tunnel! Ich übe! Ist ja hier öffentlich! Meinst du, ich lass mir hier von dir, mitten im Amt, die Eier ins Spiel bringen, wenn ich nicht schon längst übe? Im Tunnel?! Und wenn ich einmal über Gedankenschwingung …! Interessiert mich! Wahrscheinlich hat er Haare gewaschen, und hier drin war Rockkonzert mit Paula! Hier drin ist ja seit Jahren Rockkonzert mit Paula! Wasser! Du trinkst jetzt Wasser! *(Winkt)* Herr Ober, Wasser bitte!

Er nimmt den Eimer Wasser. Kippt ihn über Paula, die regungslos dasitzt.

Schweigen.

Das Signal. Die Nummer drei leuchtet auf. Anton geht durch die Tür und ist weg. – Jaro starrt auf seine Nummer. Lukas hat die ganze Zeit in den Resten des Milch-

schaums gerührt. Paula sitzt wie tot auf dem Stuhl. Umberto kommt, nimmt sein Jackett und legt es ihr um die Schultern. Sie hält wie ein Kind seine Hand fest.

Signal. Die Nummer vier leuchtet auf. Sie geht durch die Tür und ist weg. Umberto setzt sich auf ihren Platz.

Schweigen.

Lukas

Ich war einmal so leicht. Ich war ein so leichter, gewinnender Mensch. Plötzlich alles voller Frost in den Gliedern. – Ich bin doch gar nicht alt.

Jaro zieht eine neue Nummer.

Der Automat

Guten Tag, Sie sind die Nummer fünf, bitte nehmen Sie einen Augenblick Platz. Danke!

Lukas ringt um Fassung und zieht deshalb auch eine Nummer.

Der Automat

Guten Tag, Sie sind die Nummer sechs, bitte nehmen Sie einen Augenblick Platz. Danke!

Schweigen.

Jaro

Die Stimme da, die ist ja ganz schön, aber so sinnlos. – Jeder weiß selber, welche Nummer er ist. Wenn man das für Blinde gemacht haben sollte, müsste da oben, über der Tür, auch eine Stimme rauskommen. Kommt aber nicht.

Lukas

Es liegt ja noch alles vor dir! Wie viele Jahre man das mit sich herumträgt, dass alles vor einem liegt.

Schweigen.

Jaro

(springt auf) Ich häng jetzt dieses Bild ab! *(Hängt andere auch ab)*

Lukas

– Wie heißen Sie?

Jaro

Boro. Jaro Boro.

Lukas

Lukas Friedländer.

Jaro

Freut mich.

Lukas

Slawisch?

Jaro

Vater Tscheche. Mutter deutsch.

Lukas

«Laska»!

Jaro

Ja.

Lukas

«Die Liebe». Das Einzige, was ich mir merken konnte.

Jaro

So hieß mein Hund.

Lukas

Das zu begreifen, dass nichts mehr vor einem liegt! Ich glaube, das ist die erste Nachricht, die man bekommt vom eigenen Tod. Plötzlich nimmt einen diese Ahnung an die Hand und zeigt uns, wie das Schiff sich langsam dreht. Die ganze Lebenskraft auf offener See zurück … – *(Beginnt, seinen Kasten zu öffnen)* Ich mache mit mir selber therapeutische Projekte. Wollen Sie mal sehen?

Jaro

Bitte.

Lukas

Also, es ist ein kleiner Diavortrag. Er heißt «Lukas begleitet Sonia». Im Prinzip dürfte ich «Lukas begleitet» gar nicht sagen, sondern «Ich rutsche, Sonia gleitet». Kennen Sie das Gefühl, stumm in diesen festlichen Räumen zu stehen? Mit lauter gleitenden Menschen, und man selber irgendwo da drin?

Jaro

Noch einen mit Milchschaum zwischendurch?

Lukas

Es hat ja niemand bemerkt. Man kann da machen, was man will. Seit gestern ist nun mein kleines, grausames Werk fertig. *(Macht den Diaprojektor an)* Ich dachte, wenn ich mit Sonia mal Zeit haben werde, dann sehen wir uns das an. Ich nehm noch einen.

Jaro

Ich auch.

Lukas

Schöne Jacke. Da ist noch das Preisschild dran.

Jaro

Wollen Sie auch so eine? «Berlin am Meer». Nicht teuer.

Ein Mann kommt herein, voller Scham, mit einem geschnürten Papierstapel. Zieht.

Der Automat

Guten Tag, Sie sind die Nummer sieben, bitte nehmen Sie noch einen Augenblick Platz. Danke!

Der Mann mit dem Papierstapel setzt sich, mit Blicken ausweichend, zunehmend irritiert.

Lukas

Es geht los.

Wir sehen Lukas allein mit einem Glas unter Menschen.

Lukas

Es ist die Hölle. Selbstauslöser. Ich versuche einfach, in einer Ecke sprachlos Widerstand zu leisten. Ich habe schon viele Fotos von mir in diesen Ecken gemacht, aber dieses hier … *(Er steht vor seinem Bild)* Dieser Blick! Er sieht die Eltern vom Kinderzimmer aus, die er morgen mit Rucksack und Taschenlampe verlassen wird. – Dokument zwei! Man kennt sich. Der Titel: «Der Kreisverkehr, fotografiert von einem Ausländer». Da! – Sonia. Der Mensch, den Sie lieben, ist das Geschöpf einer anderen Welt.

Umberto steht mit Silbertablett und zwei Latte Macchiato bereit.

Lukas

Das da vorne rechts, das ist so einer, der plötzlich auf Redaktionsaufwendungen auftaucht, der am Ende des Jahres mich samt diesem Milchschaum annulliert, Sonia hat uns mal vorgestellt, ohne Namen, einfach so, ganz schnell, «mein Freund», der hat mich angeguckt wie 'n Fahrradständer. – Danke. *(Rührt in seinem Kaffee)*

Der Mann mit dem Papierstapel

Entschuldigung. Ist das hier Amt 2? «Das Kundenzentrum»?

Jaro

Ja. Guten Tag.

Lukas

Ich bin Erdkundelehrer. – Sie lächeln.

Jaro

Nein, ich lächle nicht.

Lukas

Sie?

Der Mann mit dem Papierstapel

Wie? – Ist das hier auch «Antragstellung»?

Lukas

Ich lächle ja selber. – Was soll sie denn sagen? «Mein Mann war mal Erdkundelehrer»? Die Menschen interessieren sich nicht mehr für Erdkunde. Manchmal. Grundsätzlich aber nicht. Die Hohlräume und Verschiebungen, die unter der Oberfläche der Erdkruste immer gewaltiger werden, na ja.

Sie rühren im Milchschaum.

Jaro

Hm. – Schwierig.

Lukas

Da, Bild vier! Ich, Jahre später! Immer noch wie ein nüchterner Indianer mit Taschenlampe und Selters hinter dem Felsen. So kann man keine Party überleben. Liebe … Kann das Wort gar nicht aussprechen. Wenn einmal das Gefühl da ist, Sie sind unten … dann … Auflösung! Wie eine Brausetablette.

Schweigen.

Jaro

Und was … was, wenn Sie da jetzt einfach reingehen, also, die Position in dem Bild da verlassen und dann den Leuten von der Erdkruste erzählen? Ich würde sofort zuhören, wenn jemand auf einer Party erklärt, dass unter uns gewaltige Hohlräume sind. Frisst sich denn der Hohlraum, Herr Friedländer, in die Oberfläche hinein?

Lukas

Sie sind ja ein schöner Träumer.

Ein Signal. Die Nummer sechs leuchtet auf. Jaro starrt entgeistert auf die Sechs, dann auf seine Fünf. Lukas sieht in die Ferne.

Der Mann mit dem Papierstapel

(zu Lukas) Entschuldigung. Sind Sie sechs?

Lukas

Ausgerechnet jetzt! Endlich mal ein Fachgespräch! Mensch, das hören Sie doch! *(Fasst sich wieder)* – Nehmen Sie bitte meine Nummer. Entschuldigen Sie. Ich … ich sitz hier noch ein bisschen. –

Er gibt dem Mann mit dem Papierstapel die Nummer, der ihm dankend die seine überreicht und dabei ein Stück Papier verliert.

Lukas

Ihnen ist da was … *(Bückt sich)* – «Fahrtenschwimmer. 1962».

Der Mann mit dem Papierstapel nimmt schnell seinen alten Schwimmausweis und verschwindet durch die Tür. Lukas sieht ihm nach.

Lukas

– Haben Sie von dem Mann gehört, der den Direktor so einer Agentur … Irgendwo im Norden. Ein Ingenieur. Mit Studium und allem. Die Hilfe wurde gestrichen. Er hatte ihm vorher sogar noch Weihnachtskarten geschrieben und ihn dann vor der Haustür erstochen. Mit einem Werkzeug für Maschinenbau.

Jaro steht gebeugt vor dem Automaten.

Lukas

Wir passen hier gar nicht rein. – Vielleicht werden es immer mehr, die hier gar nicht reinpassen …

Jaro steht vor der Tür und schaut hoch zur Nummernanzeige. Umberto kommt mit einem großen Bild. Alte italienische Kunst. Er hängt es auf. Die anderen sehen zu.

Lukas

Ich bin ins Feng Shui eingestiegen. Und wieder ausgestiegen. Fernberatung. Wie aufgesetzt. Wenn einen die Erforschung der Erdkruste ruiniert, dann wird man auch ein paar Etagen drüber nicht glücklich werden. Umberto, Tick nach links. *(Packt sein therapeutisches Projekt wieder ein)*

Jaro setzt sich.

Lukas

Ich nehm noch einen. Das macht dann dreizehn, keine Sorge. *(Leert seinen Latte Macchiato von davor)* Hier der Zettel. – «Liebe Sonia, Lukas hat getrunken, Lukas zahlt.» Kannst du da hinhängen. – Ich werde heute nicht durch die Tür gehen. Ich kann nicht über die gewaltigen Hohlräume der Welt da einfach reingehen und mich von denen dann in einen Supermarkt schicken lassen, Regale umstellen, das ist absurd. *(Nimmt seine Kiste und den Kaffee)* Auf Wiedersehen. *(Geht aus dem Amt)*

Umberto gibt Jaro einen Zettel.

Jaro

Schon alle? Der hat ja auch getrunken! Hast du vielleicht zwischendurch ein Bier?

Umberto gibt ihm eine Dose Bier und geht Milch holen. Stille. Jaro setzt sich. Sitzt so da.

Jaro

Lieber Herr Reformer – prost!

2.

Kommen und Gehen. Oder zwischen 1 und Tausend und Millionen umhertreibende Zahlen auf der Nummernanzeige. Jaro sitzt immer noch so da. Vielleicht sind es ein paar oder unzählige Bierdosen mehr. – Irgendwann steht er vor dem Automaten, weiß nicht mehr, wo er die Nummer ziehen soll. Er drückt eine Taste. Eine männliche Stimme.

Der Automat

Guten Tag. Bitte geben Sie Ihre Registriernummer ein!

Jaro starrt den Automaten an.

Der Automat

Bitte geben Sie Ihre Registriernummer ein!

Jaro zieht aus der Hosentasche ein Formular, sucht und tippt in den Automaten. Nach einer Weile:

Der Automat

Nehmen Sie einen Augenblick Platz, Herr Boro!

Er setzt sich. – Nichts passiert.

Jule kommt ins Amt in einem Mantel mit Preisschild, Schnee auf Schultern und Ärmeln und jenem großen Koffer und einem zweiten Koffer mit der Aufschrift «Lifetech».

Jule

– Du trägst sie immer noch?

Jaro starrt Jule an, schaut zur Nummernanzeige über der Tür.

Jule

Für mich ist der Frühling ganz schlimm. – Als wir uns hier getroffen haben und ich die Firma da aus dem Fenster … Keine Sorge, ich stell den jetzt hierhin.

Sie stellt die Koffer ab. Jaro klopft sehr vorsichtig an der Tür. Nichts passiert. Er starrt wieder Jule an.

Jule

Die Geschichte mit dem Zug. Da gab's doch einen Zug, der durch das ganze Leben fahren soll? Aber ein paar Menschen sterben, die sich trotzdem so gefreut haben auf die Reise. Und dann fährt er mit den Toten weiter. Das habe ich verstanden. Das war die Zeit, als ich an den Bars vorbeiging. Nirgendwo sitzen konnte.

Und dann sah ich mein Kleid. Das gelbe … Er sagte, für seine Schwester, das war nicht seine Schwester! Die hatte das auch in den Augen, dass etwas Neues geschieht. Ich bin in die Bar gegangen, hab mich neben sie gesetzt, der hat nicht mal ein Foto von mir gezeigt … So sehr aus der Welt gefallen, ich weiß überhaupt nicht, wie das geht! Ich kippte ein Glas Wasser, so aus Versehen, aufs Kleid, das war aber kein Wasser. Ich hielt das Feuerzeug genau auf die Stelle, ich wusste, dass das gut brennt. Ich hatte solche Angst, was passiert, wenn ich mir das nicht wiederhole. Die Frau brannte wirklich, das wollte ich gar nicht. Ich habe ihr, während sie brannte, das Geld hingelegt, was das Kleid gekostet hat.

Jaro dreht an seiner Uhr herum.

Jule

Bei der Polizei saß ich in einer Zelle. Ich träumte, dass ich das Kleid trug, das ich angezündet hatte. Ein Mann sagt, dass ich in der Zelle tanzen soll, und während ich tanze, dreht sich die Zelle immer schneller … Ich falle. Ich sehe, wie meine Beine und Füße immer länger werden … Zu einem Stachel, der sich jetzt langsam spannt, in einem Bogen, über mich. Auf dem Stachel Augen … meine Augen mit Blick auf das Kleid, das schönste, was ich … – Wie schlimm, dort hineinzustechen.

Sie setzt sich. Schnee fällt von ihren Armen. Jaro sucht weiterhin nach einer Ordnung. Plötzlich aus dem Automaten eine neue weibliche Stimme.

Der Automat

Herrn Boro, Registriernummer 13 624 12 07 67, bieten die Ortsvereine Delbrück Bindestrich Brücken die Erstellung und Durchführung eines Musikprogramms. 750-Jahr-Feier. Solovertrag. Telefon: 05250-6634. www.750-Jahre-Delbrueck-Bruecken.de. *(Männliche Stimme)* Die Ansage wurde Ihnen präsentiert von Ihrer Agentur für Arbeit und der bekannten Moderatorin Sonia Berger. Drücken Sie A für den Druckvorgang.

Schweigen.

Jule

Gar nicht so schlecht. Guck mal.

Sie öffnet den kleineren Koffer und holt drei kleine viereckige Eisenkästen mit Kabeln und Steckern heraus.

Jule

Ein herkömmlicher Deodorierer tötet Keime nicht, er überdeckt nur den schlechten Geruch. Der hier nicht. Der «Lifeair 2000» ist ein Ozonerzeuger, der bei geringer Betriebsspannung auf 2000 Quadratmetern Keime und Gerüche vernichtet. 200 Watt. Willst du mal testen? Ich gehe damit in Raststätten, Krankenhäuser, Schwimmbäder. Gestern war ich in einem Saunaclub, da haben's zwei an der Bar gemacht, während ich dem Chef erklärte, wie man damit Ozon erzeugt. Wir brauchen ja Ozon, sonst haben wir bald nur noch das Loch.

Jaro starrt auf die viereckigen Eisenkästen. Jule gibt ihre Registriernummer ein.

Der Automat

Nehmen Sie einen Augenblick Platz, Frau Jacob.

Jule

Der Vertrieb hat einen Satz dazugegeben, den man anbringen kann, wenn man glaubt, es hilft. «Geht doch dem schlechten Geruch aus dem Wege! Geht fort von dem Dampfe dieser Menschenopfer!» Der Philosoph Nietzsche. Ich heiße Jule. Ich glaube, wir hatten uns damals gar nicht … Guten Tag.

Jaro

Guten Tag …

Jule

Ich war dann in der Psychiatrie. Nein, vorher war ich noch im Sicherheitsdienst, am Flughafen, an diesem Röntgenschirm. Wen die da alles dranlassen. Da kam ein total aufrechter, zarter Mann … ganz anders. Ich guckte mir seine Tasche an, während er, glaube ich, meditierte. Zwei Waffen, fünf Messer. Ich hab einfach die Augen zugemacht und überlegt, ob ich ihn nach seiner Telefonnummer frage. Die Untersuchung in der Psychiatrie war wegen der brennenden Frau. Also, dass ich da mal lande! Da gab's einen Raum, wo man Radio hören durfte, in den TV-Raum bin ich kaum gegangen, beim Radio konnte man sich noch eher auf einen Sender einigen. Stell dir mal ungefähr 50 Irre vor einem einzigen Fernseher vor. Es gab welche, die haben manchmal so entgeistert auf den Fernseher gestarrt, dass man gar nicht wusste, wer jetzt die Irren sind.

Jaro

Schneit es?!

Jule

Ja. Im Radio lief ein Bericht über Bawa Abudu, der wäscht im Industriegebiet von Münster Autos. Abends komponiert er Lieder, alle handeln vom Hunger. Er singt in der afrikanischen Sprache Moshi-Dagomba, seine neueste Single heißt «Ayamayoto», «Maisbrei», die kennt jeder in Ghana, da kommt er her. Im Münsterland spielt er für die Raiffeisen-Genossenschaft auf Betriebsfesten, die handeln mit Futtermitteln. Als Bawa Abudu einmal eine Limousine gewaschen hat, lief plötzlich im Autoradio auf Deutschlandfunk «Maisbrei».

Jaro

Kurze Zwischenfrage: Wie spät?

Jule

Halb fünf. Ich habe an dich gedacht. Wenn man auf der Welt eines hat, das man vor allem schützt, vielleicht ist das schon ganz viel? Bawa Abudu heißt übersetzt «Bescheidener Fürst». In der Jacke siehst du aus wie ein Freund.

Jaro

Vielleicht sollte ich nach Ghana gehen. Wie viele hast du schon verkauft?

Jule

Einige.

Jaro

Und «Berlin am Meer»?

Jule

Nichts. Ich hasse Existenzgründer-Seminare. Aber von Lifeair kauf ich neue Stoffe. Ich muss gerade auch keine Miete zahlen, die Hausverwaltung renoviert.

Jaro

Und wo wohnst du?

Jule

Guck mal, wie findest du den? *(Holt aus ihrem Koffer einen sonnengelben Stoff)* Aus dem mach ich für meinen neuen Lover einen Anzug.

Jaro

Schön. Wie heißt er denn?

Jule

Weiß ich nicht. Vielleicht Bawa Abudu? Oder ich such

den Terroristen. Ich muss mich beeilen. Ich verliebe mich ja nur im Winter. Was komponierst du gerade?

Jaro

– Ich? *(Springt auf)* Ich weiß überhaupt nicht … Halb fünf?! Ja! Aber welcher Monat?! *(Läuft umher)* Was habe ich denn die ganze Zeit gemacht!? – Mein Fahrrad!

Er steht am Fenster. Springt wie Jule damals auf das Fensterbrett und sieht nach unten.

Jaro

Mein Vorderrad! Es fehlt das Vorderrad! Da … da ist ja gar nichts mehr … Lenker auch weg …

Er springt herunter und läuft zur Tür mit der Nummernanzeige. Reißt sie auf. Erstarrt. – Jaro hält bewegungslos die Türklinke in der Hand. – Schließt die Tür. Umberto kommt herein mit Koffern, schwarzer Anzug, er sieht aus, als käme er von einer Reise.

Der Automat

Frau Jacob, Registriernummer 88 472 12 11 75, bietet die Firma Bödecker Wischsysteme Handelsvertretungen. In Klammern: Neue Viskoseschwammstücke Schrägstrich Duo-Gummiwischer. Telefon 03371-467294. *(Männliche Stimme)* Die Ansage wurde Ihnen präsentiert von Ihrer Agentur für Arbeit und der bekannten Moderatorin Sonia Berger. Drücken Sie A für den Druckvorgang.

Umberto ist irritiert wegen des Entsetzens auf Jaros Gesicht. Läuft zu Jule und gibt ihr die Hand und einen Zettel. Jule hält in einer Hand den Druckvorgang Bödecker Wischsysteme, in der anderen Umbertos Zettel.

Jule

(liest) Ich war in Andalusien. Mein Vater ist gestorben. Ich habe viel Kaffee mitgebracht.

Jaro

Ich … Ich muss hier mal weg … Kommst du mit? Nur so als Frage … Wir können ja mal gucken. Wie's in Delbrück-Brücken ist … Ich trete in dieser Jacke auf.

Jule

– Okay.

Jaro

Ja?

Jule

Ja.

Jaro

Ich meine, ich mit Preisschild dran, und du kommst mit?

Jule

Ja.

Jaro

Ich versteigere nach dem Konzert die ganzen Luftkästen! *(Nimmt sein Instrument)*

Jule

Wie heißt er?

Jaro

Umberto.

Jule

Darf ich die Koffer hier unterstellen, bis …

Jaro

Bis morgen!

Jule

Ja, bis morgen.

Umberto hat schon ihre Koffer vor seinen Coffee-Shop getragen, den er jetzt wiedereröffnen muss. Jule nimmt noch einen Mantel für Jaro aus ihrem Koffer. Dann gehen sie los. Umberto steht alleine da. Er hängt eine schwarze Fahne an seinen Shop und schließt auf.

3.

Kommen und Gehen. Oder die umhertreibenden Zahlen auf der Nummernanzeige. Eine schöne Frau läuft ins Amt. Sie sieht sich um. Geht auf den Coffee-Shop und Umberto zu.

Sonia

Guten Tag. Wie geht es? – Ich habe hier einen Termin, bei der Gelegenheit dachte ich, frage ich …

Umberto hält ihr zögerlich einen Zettel entgegen.

Sonia

– – Hat er Ihnen das gegeben? Wie viele sind's?

Umberto gibt ihr eine Rechnung.

Sonia

– Das ist nicht Ihr Ernst? – Hundertdreiundsechzig?! Das haben Sie sich doch ausgedacht?

Umberto gestikuliert aufgebracht mit der Rechnung herum.

Sonia

Mein Gott, seit wann denn? Er ist doch zwei Monate auf einer Umschulung! *(Starrt auf die Rechnung)* Versteh ich das richtig, er hat hier Leute bewirtet? – Kann ich Ihnen einen Scheck geben? Ich sage nichts. *(Füllt ihn aus)* Falls er Ihnen das Geld irgendwann geben sollte, dann … dann rufen Sie mich an. – Oh, schicken Sie es einfach. *(Gibt ihm eine Karte)* Ach was, egal, behalten Sie's.

Herzberg kommt ins Amt.

Herzberg

Sonia Berger, eine Ehre! Die Fotografen sind schon im Anmarsch. Entschuldigen Sie die winzige Verspätung, Personalgespräche. Schönes Kostüm.

Sonia

Danke.

Herzberg

Ich möchte Ihnen noch einmal, auch im Namen der Bundesagentur, danken. Rationalisierung, die auch an uns nicht vorübergeht, wettgemacht durch eine Innovation mit Charakter und Glamour.

Sonia

Es wäre schön, wenn Sie das nicht so hoch hängen und mir mal kurz erklären, was hier jetzt passiert.

Herzberg

Frau Berger, wir haben heute Morgen den Sprachgenerator an zwei Beispielen überprüfen lassen, wunderbar! Ihre Stimme sendete den ersten Kunden bis nach Delbrück-Brücken.

Sonia

Wohin?

Herzberg

Nicht so wichtig. Sie sind, wenn ich so sagen darf, eine unserer wichtigsten Kräfte. Im Vertrauen, wenn das so weitergeht, fahren wir die Ämter bald nur noch automatisiert. Der «Check in» ohne Schalter endet im «Have a nice flight» ohne Piloten. So sieht es aus. Mein Kompliment übrigens, der Auftritt bei der Aids-Gala, Sie können das. Eine kleine Sache, Frau Berger, ein Techniker wird Sie nachher bitten, noch einmal das Wort «Frühpension» aufzunehmen, da gab es wohl ein Problem.

Sonia

Ich habe das Wort «Frühpension» noch nie aufgenommen …

Herzberg

Das klären wir. Herr Muti, machen Sie doch für einen Moment die Manege frei, ja? *(Zu Sonia, während Umberto geht)* Spricht nicht. Sagt kein Wort. Der kam eines Tages zu uns und wollte ausgerechnet hier eine Ich-AG gründen. Mit einem Zettel: «Ich hier Ich-AG». Habe ich mir ins Büro gehängt. Was sollte ich machen? Behindert, Ausländer und arbeitslos, er darf aber keinen Alkohol … Ah, die Presse!

Fotograf. Reporter. Man stellt sich am Automaten auf. Sonia ist irritiert.

Herzberg

(zu Sonia) Ihre Stimme kommt hier raus, deshalb. *(Spricht zum Reporter)* Rationalisierung ist natürlich etwas, wie sollte es anders sein, das in einer globalen Welt auch die Agentur betrifft. Auch wir müssen schließlich Flagge zeigen. Umso mehr freut es mich, dass wir den Kunden nicht im Regen stehen lassen. Wir können Vermittlung schnell und ohne größere Aktenbewegung gewährleisten und krönen durch die bekannte, vertraute Stimme von Sonia Berger, die den Wert des Kunden und seines möglichen neuen Arbeitsbereiches heben wird. Eine berührende, eine professionelle Stimme lässt auch die Kunden zu Recht noch mehr an die Sache glauben. Zumindest gehen wir davon aus. Den letzten Satz bitte weg. Den kurzen, der längere ist gut.

Sonia

(zum Reporter) Es wäre natürlich am schönsten, wenn wir das alles gar nicht mehr bräuchten. – Mehr möchte ich nicht sagen.

Schweigen.

Herzberg

So, dann warten wir jetzt eigentlich nur noch auf den ersten Kunden für ein Foto.

Sie stehen da.

Herzberg

Tja, wenn man mal ausnahmsweise auf einen wartet.

Sonia

Holen Sie doch Herrn Muti wieder rein.

Herzberg

(zu Sonia) Das geht nicht. Seine AG wäre pressetechnisch nicht ganz unumstritten. Sie müssen sich vorstellen, dass ich hier gleichzeitig ohne Ende deutsche Mitarbeiter rausschmeiße. So ist die Welt. Über das Thema können wir ja auch mal gern in Ihrer Sendung sprechen? Wo bleiben die denn! *(Will in Richtung Ausgang)*

Sonia

Entschuldigung. Wo komme ich da nochmal genau raus?

Herzberg

Ganz einfach. Also, Ihre Stimme generiert ein Computer und speichert sie auf Sprachchips, die Chips sind mit einer Suchmaschine verbunden, hier sind Lautsprecher eingelassen, und dann kommen Sie da rechts und links raus mit der jeweiligen Sachlage.

Sonia

Ah so. Wie viele vermitteln Sie hier am Tag, prozentual zu denen, die Sie nicht …

Herzberg

Oh, da müsste ich jetzt im Büro …

Sonia

Das ist ja grauenhaft! Tut mir Leid, ich habe das nicht gewusst, ich werde das stoppen.

Herzberg

Stoppen …? Das … das läuft heute bundesweit an, das … In achthundert Ämtern! … Stoppen?! … Das war doch alles … geklärt?! Es gibt Verträge!

Sonia

Das hat sich Ihre Agentur mit irgendeinem Idioten von meiner Agentur ausgedacht! Mein Gott, wenn die Leute abends den Fernseher anmachen und mich hören, dann denken die doch, sie sind immer noch in diesem scheiß Amt!

Herzberg versucht, irgendwie das Gespräch von der Presse fern zu halten.

Sonia

Also, entweder da, hier, da kommen nur erfreuliche «Sachlagen» von mir raus, oder ich nehm mir zwei Wochen frei und zieh bundesweit überall den Stecker raus …

Lukas Friedländer kommt.

Herzberg

– Uppala, da ist ja einer … Nun ja … *(Zu Sonia)* Wir reden gleich in aller Ruhe … ich erklär Ihnen das

… nochmal, es wird alles gut. *(Zu Lukas)* Sie … Sie haben Glück. *(Führt ihn zum Automaten)* Herzberg, ich leite die Agentur, das ist Sonia Berger, die Moderatorin, kennen Sie die? – – Na, Sie müssen doch in Ihrer Freizeit auch ab und zu fernsehen …? Nun geben Sie mal bitte Ihre Registriernummer ein.

Sonia

Das ist mein Mann.

Herzberg

– Schande über mich. Pardon, ich … Wie schön … Ich meine, wie gut … Hören Sie, Sie müssen ihr da nochmal … Gerade was ihre soziale Präsenz angeht, da denkt sie, glaube ich, eher in die unrichtige … Richtung … Na, aber Sie, Sie halten sich in der Öffentlichkeit etwas bedeckter, was, Herr Berger, sonst hätte ich Sie ja bei der Aids-Gala …?

Lukas

Friedländer.

Herzberg

Wie bitte?

Sonia

Ich heiße Berger.

Herzberg

Ah. Ja. Wir leben ja auch nicht mehr im Mittelalter. So. Fotos vielleicht?

Lukas

Leute wie Sie sollte man erschießen.

Es wird schon fotografiert. Auf Lukas' Gesicht liegt Entsetzen, Herzberg ist erstarrt. Er geht nach dem Shooting sofort aus dem Amt.

Sonia

Sie haben doch jetzt genug Fotos. Auf Wiedersehen. – Es reicht!

Die Presse geht. – Lukas setzt sich auf den Platz, wo er immer saß. Schaut kurz nach Umberto. Sonia entfernt sich von dem Automaten.

Lukas

– – Was machst du hier?

Schweigen.

4.

Paula und Anton, irgendwo draußen. Anton zieht einen Wagen mit Geräten und einem Schild: «WIR BESTELLEN IHREN GARTEN, WENN SIE IN DEN URLAUB STARTEN». Paula läuft hinterher. Anton schaut auf einen Stadtplan.

Paula

Kennen uns die Leute wirklich nicht?

Anton

Ich habe eine Anzeige geschaltet, nicht unseren Freundeskreis angerufen. Das müsste schon ein großer Zufall sein.

Paula

Ich habe solche Angst. Ich glaube, ich kann dich nicht in einem fremden Garten stehen sehen, wie du Laub aufsaugst.

Anton

Lass es uns als Spiel nehmen. Wir spielen es. Wir tun so, «als ob». Wir machen einfach mal Kopfstand und sehen uns die Welt andersherum an.

Paula

Anton, guck dir diesen Wagen an. Das macht man doch nicht «als ob». Ich dachte, ich würde niemals im

Leben einen Laubsauger kaufen. Haben wir aber. Es scheint, als lieben es die Menschen, ohne Laub zu sein. Und wir richten uns danach. Das ist die Wirklichkeit.

Anton

Ja. Und was soll das jetzt?

Paula

Dieses komische Gerät haben wir nicht «als ob» gekauft!

Anton

Was ist denn schon «Die Wirklichkeit»? In einem halben Jahr erinnern wir uns an das hier, und dann kommt es uns im Nachhinein vor wie ein Spiel. Die Wirklichkeit ist wie der Himmel, wenn Wind ist. Und jetzt ist Wind. Dunkle Wolken, dann wieder überall Licht. Dunkel, hell und so weiter. Sehr lange hat die Gesellschaft unter einem Himmel gelebt, der sich nicht bewegt hat. Dieses Land hatte es, wer weiß wie, geschafft, den Wind umzuleiten, zu leugnen. Den Wind nicht zu mögen. Und das haben wir jetzt davon. Jetzt ist Sturm!

Paula

Wie du da stehst und das sagst. Das ist nicht mehr der Vorlesungssaal. Die Gesellschaft … Wir wissen ja nicht mal, wie diese Straße hier heißt!

Anton

Paula, den anderen geht es doch auch so.

Paula

– Ja. Die anderen.

Anton

Bitte lass uns darüber nicht jetzt … Ich glaube, es war eine Allee, nicht Straße …

Paula

Die anderen haben jetzt auch ein Kind. Da, auf dem Wagen. *(Sie steht davor)* Diese traurigen Buchstaben da, das wäre jetzt eine fröhliche Kinderschrift. Wir würden mit einem kleinen Mädchen in einem fremden Garten spielen. Laubsaugen. In fremde Zimmer sehen.

Schweigen.

Paula

Warum sagst du jetzt nichts?

Anton

Was soll ich denn sagen? *(Will sie in den Arm nehmen)*

Paula

Sag mir, warum es so gekommen ist? Es gab doch sogar schon mal Namen!

Anton

(entfernt sich) Du weißt, warum.

Paula

Nein, ich weiß es nicht mehr! Du musst es mir jeden Tag sagen, damit ich es begreife! Warum hier keine Kinderschrift ist? Warum da jetzt niemand sitzt, der sich freut, dass wir sie gemeinsam auf dem Wagen durch die Welt ziehen? Warum wir jetzt allein in irgendeinen fremden Garten gehen, um dieses scheißeinsame Leben über die Runden zu bringen?

Schweigen.

Paula

Sag doch bitte etwas.

Anton

– Dann lass uns eins zeugen. Nachher. Im Garten. Die sind ja nicht da. – Ich meine es ernst.

Paula

Und wie wird das gehen? Soll ich dir das mit dem Laubsauger da rausholen?

Anton

Was soll das denn?! Meinst du, ich sag jeden Tag so einen Satz! Mit Liebe!? Mit allem!

Paula

Danke. Der Satz kommt ein paar Jahre zu spät. Und außerdem braucht man dafür auch keinen Satz.

Anton

Sogar Gott hatte am Anfang nur einen Satz! Man muss sich doch erst mal einig sein!

Paula

Wenn da oben ein Kind sitzen würde, das ich liebe! Das mir im Garten, trotz dieser trostlosen Geräte, mein Leben rettet! Dann wär mir ganz egal, ob wir uns damals einig waren! Wie mich dieser Akku-Mäher deprimiert!

Anton

Es hätte in ein paar Jahren auch Heroin nehmen können, weil du keine Zeit hattest, es großzuziehen! Du wolltest ja malen!

Paula

Weißt du, ich lass mir das nicht von einem sagen, der in der Mitte seines Lebens da in Gummistiefeln steht. Mit so einem lächerlichen Wagen, irgendwo auf der Straße. Der nicht mal weiß, wo er ist. Der sagt mir nicht, dass mein Kind, das ich seinetwegen nicht habe, Heroin nimmt!

Anton

Ich habe nicht gesagt, dass es welches nimmt, sondern «nehmen könnte».

Paula

Es könnte welches nehmen, wenn es da wäre, da hast du schon Recht. Diese Luft hier, dieser unsichtbare Traum, mein lebloses Recht da auf dem Wagen, das kann ja nicht Heroin nehmen.

Schweigen. Sie nimmt die Heckenschere.

Anton

Lass uns aufhören. Ich wollte das gar nicht.

Paula

Gehst du mit dem Wagen schon mal vor?

Anton

Ich möchte mit dir bitte zusammen gehen.

Paula

Ich bleib hier noch ein bisschen sitzen.

Anton

Du weißt doch gar nicht, wohin.

Paula

Ich find das schon. Irgendeine Allee. Geh bitte.

Anton

– Es tut mir Leid, Paula. Ich hatte am Ende wieder nur eine Figur auf dem Feld, und dann weiß ich nicht, wohin ich soll.

Paula

Ja.

Er reicht ihr die Hand. Sie reagiert nicht.

Anton

(zeigt auf die Heckenschere) Willst du das nicht …

Paula

Gehst du jetzt? – Bitte.

Er zieht den Wagen. Dreht sich noch einmal um. Geht davon. Sie sitzt erstarrt auf dem Boden.

5.

Kommen und Gehen. Oder die in den Millionen umhertreibenden Zahlen auf der Anzeige. Umberto sitzt vor seinem Coffee-Shop. Auf einem kleinen Altar die Urne seines Vaters aus Andalusien. Er betrachtet ein Bild von Vermeer, das er auch noch hingehängt hat. Jaro betritt das Amt, mit Verband um den Kopf. Er geht auf den Automaten zu. Tritt dagegen.

Jaro

Höllenautomat. Mördermaschine. Delbrück-Brücken! Diese Arschlöcher! – *(Läuft zur Tür mit der Nummernanzeige. Reißt sie auf. – – Schlägt sie zu. – Geht zu Umberto)* Ich werde die hier verklagen! Wo sind die eigentlich?! Wo die einen hinvermitteln! – – Ist das … Ist er das?

Umberto bekreuzigt sich.

Jaro

Lass uns auf deinen Vater trinken. Ich dachte, mein Leben wäre auch zu Ende. Auf Signor Muti!

Sie trinken.

Jaro

Ich möchte ihr eine richtige Modenschau organisieren! – Wir machen das hier. Ich trommel die Models zusammen. Es wäre schön, wenn du mit mir die Herrenkollektion … Die Käufer organisiere ich auch. Schau mal. *(Zeigt sein Jackett)* Was sind das für Videos da?

Umberto zeigt ihm Videokassetten.

Jaro

– «Lehrfilm über die Sicherheitstechniken deutscher Autotypen». *(Schaut sie durch)* Nochmal. Immer der gleiche? – Mensch, Umberto … Wie? – Nur Mercedes? Aha. Schon welche verkauft?

Umberto nickt. Sie trinken.

Jaro

Hast du auch Schuhcreme? Ich habe mich heute zum ersten Mal auf die Straße gesetzt. Kurz, nur zur Probe. Ist gar nicht schlimm. Man muss sich vorher das ganze System klarmachen … Dann Adieu sagen.

Umberto reicht Schuhcreme mit Bürste und deutet auf Jaros Kopfverband.

Jaro

Ich würde mich nie mit meiner Musik da hinstellen! Nie, ich schwöre. Wenn ich auf … wenn ich auf Pop, auf Verkauf, testen wollte, ja, aber nie darf man mit seinen Fähigkeiten, die einem heilig sind, um dieses System betteln, dann … dann ist alles verloren. – Nicht so schlimm. Rein äußerlich. Das war'n Arschgeigen.

Sie trinken.

Jaro

Ich akzeptiere diese Lehrfilme nur dann, wenn die darin erworbenen Fähigkeiten zur Entwendung eines Mercedes auch Höherem dienen. Der, der merkt, dass sein Mercedes weg ist, soll sehen: Seine Religion stiftet Unfrieden! Und das Ich … also er … das Ich von ihm, es war viel zu lange verknüpft mit dem Mercedes!

Sie trinken. Jaro geht auf das Bild zu.

Jaro

Wie das leuchtet! *(Sieht es an)* Hast du das da … das war vorgestern noch nicht.

Sie trinken.

Jaro

Signor Muti, meine tiefe Verehrung für die Kultivierung dieser Kaffeebohne! Und dieses Sohnes, ein heller, aufmerksamer Geist! *(Stößt mit der Urne und Umberto an)*

Der Mann mit dem Papierstapel kommt ins Amt, steht verwirrt vor dem Automaten, den er nicht zu bedienen weiß, was ihm peinlich wird, darum setzt er sich erst einmal und wartet.

Jaro

Er hat braune Schuhe, das passt. *(Geht zum Mann mit dem Papierstapel)* Guten Tag. *(Beugt sich, erhöht einen Fuß des Mannes und cremt dessen Schuh ein)*

Der Mann mit dem Papierstapel

(versucht etwas zu sagen) Das … Ich weiß gar nicht, ob ich Klein… das passende Geld … ob ich …

Jaro

Es ist kostenlos, mein Herr. Versprechen Sie mir, dass Sie den da … nicht bedienen! Versprochen? – Mit schönen Schuhen wieder nach Hause … *(Poliert)*

Schweigen. Der Mann mit dem Papierstapel sieht vor sich hin. Dann scheint es, als lächele er.

Jaro

So. Sehr gut. Na dann. Wenn Sie so wieder … dann …

dann kommt der Rest von alleine. Auf Wiedersehen. – Ach, wenn Sie vielleicht am achten kommen könnten? Ein kleines Fest. Hier. 20 Uhr 30. Tür ist ja jetzt immer auf.

Der Mann mit dem Papierstapel

– Danke. Auf Wiedersehen. Danke. *(Geht. Dreht sich um)* So was! *(Geht aus dem Amt)*

Jaro und Umberto sitzen vor der Urne und trinken. – Jule betritt außer Atem das Amt mit Wandfarbe, Pinseln, Leiter.

Jule

Das sind solche Schweine! Meine Schlüssel passen nicht mehr! Meine Wohnung … also, es ist wohl nicht mehr meine, da war eine Frau, vor meiner Tür, mit einem Maler! Die sagte: «Den kleinen Rundbogen bitte ocker.» Ich dachte, ich hör nicht richtig, mein Rundbogen?! Das Schild, meins … auch weg. Ich hab da angerufen, Hausverwaltung: «Ja, die Kündigung geht heute raus, wo dürfen wir sie denn hinschicken?» Ich bin zurück in die Wohnung, die Maler machten wohl grad Mittag, muss man halt meine Wohnung abschließen. Das ist ocker. *(Stellt alles mitten im Raum ab)* Es gibt zwei Möglichkeiten: Entweder wir schmeißen hier eine Bombe rein, oder wir räumen das hier jetzt 'n bisschen um.

Umberto prüft schon den Farbton und geht damit gleich zu seinem Shop. Er bringt die Leiter in Position und hält die Streichrollen bereit. Dann rührt er die Farbe an.

Jule

Hat er schon vom Konzert erzählt, in Delbrück-Sowieso? – Also, ich fand's großartig, nur den Nationalsozialisten hat's nicht so gut gefallen, das war da eher so eine Art Parteitag, so viele von diesen Typen auf einem Haufen habe ich überhaupt noch nie gesehen. Erst spielte er die Lieder seiner tschechischen Vorfahren und danach … Wie hieß noch der Song? Love, Space und dann the New Spirit, den fand ich schön, und Everything With You in Living Train? Genau. Kam auch nicht gut. *(Küsst seinen Verband)* – Fangen wir an?

Umberto streicht schon. – – Lukas betritt das Amt.

Lukas

Machst du mir gleich einen? Tut mir Leid, einladen kann ich heut mal nicht. Was ist denn hier los?

Jule

Sein Vater aus Andalusien ist gestorben.

Lukas gibt Umberto die Hand. Umberto drückt ihm einen Pinsel in die andere Hand, geht hinter seinen Shop und kommt mit einer Madonna zurück und stellt sie in die Mitte. Jaro steigt mit Pinsel auf die Leiter.

Jule

Es ist ja eigentlich total bescheuert, denen hier ihr Amt aufzumöbeln, wir schreiben dann danach die Rechnung.

Jaro

Du könntest ja einfach mal bei mir wohnen …

Jule

Umberto, bist du eigentlich Sammler?

Lukas

Umberto, stop. Leider habe ich immer nur fernberaten … aber praktisch käme das jetzt … Stein, Erde … feng-shui-technisch … *(Bestimmt die Himmelsrichtungen)* Südwesten. Da hin!

Sie tragen die Madonna in den Südwesten des Amtes.

Jule

Welche Ecke steht denn für Geld und Finanzen, und dann gibt's doch auch eine für Partnerschaft und Kinder, aber erst mal Reichtum, welche Ecke?

Jaro

Reichtum? Ich sag euch, welche Ecke! Hier, hier drin! Und da, da und da, vielleicht fangen wir einfach mal an, ihn rauszuholen! Was ist denn dort draußen? *(Steigt die Leiter höher)* All diese bescheuerten Produktionen, diese ganzen Energien, die da draußen in irgendwelche Güter fließen! Ich werde nie wieder im Call-Center sitzen und irgendwelche Tele-Sachen und

Auto-Matten … Polsterpflege! 370-mal die Woche den Räuchero-Grillkamin anbieten! *(Steigt höher)* Ich glaub, ich fass es nicht! Konzerte für Nationalsozialisten!? Nur damit am Ende «Erwerb» dabei rauskommt? Was bitte erwerben denn die Menschen?

Jule

Das ist nicht dein Ernst? Du warst auch bei «Räuchero-Grillkamine»? «Investieren Sie in einen guten Grill, dann können Sie sich auf die Mahlzeiten konzentrieren und nicht auf Ihre Werkzeugbox, denn Sie wollen ja grillen, nicht schrauben.» Pass auf, da sind gleich keine Stufen mehr, hast du auch Außentermine gemacht? Ich hab dann einfach mitgegrillt, Menschen müssen ja auch mal irgendwas essen …

Lukas

Ich habe eine erschütternde Getränkerechnung! *(Zu Jule)* Der Reichtum bei den alten Chinesen, der steht im Südosten. *(Zu Umberto)* Da muss auch alles Holz hin.

Jaro

Getränke müssen gesichert sein, ja! Aber was ist nach dem Grillen und Trinken mit dem Menschen? Wie bestimmen wir seinen Wert, nachdem er gegrillt und getrunken hat? Was haben wir denn da für ein Maß, verdammt nochmal?

Umberto trägt den Altar mit der Urne seines Vaters in den Südosten.

Jaro

Der Kampf um Erfolg, Erwerb, der da draußen wütet wie die Pest, er wird alles umbringen, was sich nicht radikal davon trennt! Ist ja nicht unbedingt neu, die Erkenntnis, muss man aber auch mal anwenden! *(Steigt höher)* Punkt eins: Wenn ich mich in diesem Land so umgucke, sehe ich überall Begabung, also, wir sind hier alle große Begabungen! Hier drin, da ist auch Arbeit in uns! Man darf sie halt nur nicht draußen zählen lassen! Die Hervorbringung der neuen Gesellschaft liegt nicht mehr im Zählen, die alte zählende Welt da unten befindet sich im letzten Todeskampf! *(Steht jetzt freihändig ganz oben auf der Leiter)* Ich fordere die Neue Arbeit und die Akademie für die neue Selbsttätigkeit! Millionen können sich doch nicht einfach so stilllegen lassen! Punkt zwei: Ich gründe die Akademie für Selbstachtung! Ich erklär das jetzt mal. Wer da drin war, in der Akademie, holt sich die Neue Arbeit hier automatisch raus, die Gesellschaft geht nur noch so, wenn jetzt erst mal Würde kommt und dann irgendwann meinetwegen Erwerb, wir drehen das ab sofort um! Punkt drei: Jule, wir müssen ein Kind … Lukas, welche Ecke? Punkt drei: Ich wollte dich eigentlich auf einem Spaziergang fragen … Ich würde so gern … Zu einem freien Geist erziehen! Vorher musst du aber bei mir mal wohnen … Wir brauchen neue gesellschaftliche Akteure … Bawa Abudus …

Jule

Jaro, wir sind hier unten.

Umberto macht das Radio lauter. Lukas betrachtet die Büste des Reformers, Metall. Er läuft zu Umberto und deutet ihm an, die Urne müsse nach der Lehre des Feng Shui in den Nordwesten, was Umberto verwirrt, weil der Altar Holz ist und im Südosten bleiben muss. Sie streichen den Coffee-Shop. Musik auf Deutschlandfunk.

6.

Der renovierte Shop «Café Umberto» steht im Südosten des Amtes mit Blick auf die Madonna. Das Amt ist an manchen Stellen gestrichen, davor steht ein Schild: «Weitere Farbe wäre gut. Die Kunden.» Die Büste des Reformers ist ebenfalls verrückt worden und verändert. Ein paar Abbildungen alter und neuer Malerei. Lukas sitzt neben seinem Diaprojektor allein mit Weinflasche. Sitzt so da. – – Sonia betritt das Amt.

Sonia

– Lukas?

Schweigen.

Sonia

Es ist zehn. Haben die jetzt rund um die Uhr auf?

Schweigen.

Sonia

Lukas?

Lukas

Ja?

Sonia

Gut. Dann geh ich wieder.

Lukas

Hast du noch einen Termin?

Sonia

Nein.

Lukas

Wenn man einen Menschen langsam töten will, so wie du, dann muss man jetzt nur noch rausgehen zu einem Termin … Welttermin. Dann wird er schon sterben.

Sonia

Jetzt geht das wieder los. Soll ich mich auch die ganze Zeit hier hinhocken, damit du nicht stirbst?

Schweigen.

Lukas

Du hast also ein bisschen Zeit?

Sonia

Lass uns was essen gehen.

Lukas

Ich hab keinen Hunger. – Komm mal mit. *(Führt sie zum Automaten)* Setz dich mal so davor.

Sonia

Lukas, ich weiß, das war nicht richtig …

Lukas

Bitte.

Sie sitzt auf dem Boden, mit dem Rücken am Automaten. Lukas nimmt die Verlängerungsschnur vom Diaprojektor und bindet Sonia widerstandslos am Automaten fest.

Sonia

– – Ich hab's verstanden, ich bin gefesselt, okay?
– Hör jetzt bitte auf. Hier kommt doch gleich der Pförtner …

Lukas

Hier kommt kein Pförtner mehr. Hier kommt niemand mehr.

Schweigen.

Sonia

Und nun?

Lukas

Schau mal. Dies ist der Ausweis mit der Registriernummer, die haben wir hier alle. Und dann tippt man die da ein. *(Gibt seine Nummer ein)*

Es ertönt sofort Sonias Stimme.

Der Automat

Herr Friedländer, 13 957 13 05 64 – vorübergehend keine Stellenangebote im angegebenen Bereich. Für Informationen Umschulungen/Frühpension drücken Sie bitte 0. *(Männliche Stimme)* Die Ansage wurde Ihnen präsentiert von Ihrer Agentur für Arbeit und der bekannten Moderatorin Sonia Berger. Drücken Sie A für den Druckvorgang.

Sonia

– Es tut mir Leid, ich wusste nicht, dass die das gleich im ganzen Land machen. Ich dachte, das wäre irgendwas für die Homepage, bei irgendeiner Präsentation, was weiß ich … Das hat meine Agentur verhandelt, die haben das mit denen vereinbart, bevor ich überhaupt … Ich hätte es nicht machen sollen.

Lukas

Stop! Jetzt rede ich! – – Kannst du dir ungefähr vorstellen, wie das war? – Als ich das erste Mal hier … *(Bricht ab. – Trinkt)*

Sonia

– Lukas, ich konnte nicht ahnen, dass es ausgerechnet ein Automat sein würde, an dem du mal …

Lukas

(außer sich) Dann warne mich! Sag mir, dass es eines Tages sein könnte, dass du mir draußen aus irgendeiner Richtung ein Messer in den Bauch rammst!

Sonia

Ich ramme dir kein Messer in den Bauch, lass diese Sprache!

Lukas

Wart nur ab, wart nur ab. Und lügst! Dass du hier ein Vorbereitungsgespräch hattest! Mit Herzberg, diesem zynischen Arschloch sich austauschen! So einem Mann haut man eins in die Fresse oder lädt ihn ein in die Sendung und haut ihm dann eins in die Fresse!

Sonia

Du guckst doch sowieso nicht meine Sendung!

Lukas

Oh, das ist jetzt aber ganz schwer zu verstehen. Nein, aus existenziellen Gründen sehe ich deine Sendung nicht! Manchmal, aus Versehen, in der Wiederholung, aber dann denke ich sofort, die Sendung, die geht am Leben vorbei. Du weißt NICHTS. Ihr geht gedankenlos und grausam durch die Welt, weil ihr gar nicht wisst, wie man Platz nimmt in einem anderen Leben.

Sonia

Lukas, ich konnte ja nicht sagen, ich war hier und habe deinen scheiß Kaffee bezahlt? «Rückwirkend deine Gegenwart annullieren», «dich unter fremden Namen von der Steuer absetzen», bin ich wahnsinnig?! Das mit der Stimme hier, dachte ich, versendet sich, deshalb habe ich dieses bescheuerte Vorbereitungsgespräch vorgeschoben …

Lukas

Du hast was? Du hast nicht den Kaffee bezahlt. Du hast doch gesagt, du hättest nicht den Kaffee bezahlt!?

Sonia

Habe ich auch nicht! Ich habe nur gesagt, dass ich den Kaffee auch nicht als Vorwand nehmen konnte, und diese Sache hier, die mir unangenehm ist, für die ich mich entschuldige, die konnte ich doch auch nicht … deshalb habe ich das Vorbereitungsgespräch … Lukas, das geht nicht mehr. Ich kann nicht mal mehr den Fuß morgens aus dem Bett setzen, ohne dass du … Wenn ich gleichzeitig telefoniere und Tee koche, knallst du mit den Türen oder schreist mich an, ich soll das gefälligst nacheinander machen. Wenn ich Post mit nach Hause bringe, gehst du demonstrativ aus der Wohnung, kommst nachts wieder. Lukas, ich möchte dir nah sein, aber sag mir, woher ich die … die Handschuhe kriege, um dich zu mir … Wie denn?

Lukas

Um mich zu dir hochzuheben?

Schweigen.

Sonia

Ich kann das nicht mehr hören. Ist dir eigentlich klar, dass ich für das hier Geld bekomme? Und was mache ich dann wohl damit? – Lukas, wir wissen doch gar nicht, wie lange ich noch solche Angebote … mein

Gott, da kann man doch mal diesen Automaten aushalten, irgendwas musst du ja auch tun!

Schweigen.

Sonia

An deiner Stelle würde ich auch mal überlegen, wie es mir vielleicht so geht und was mir gut tun könnte. Wenn ich nach Hause komme, warum gibt es dann nie mal wenigstens einen Tee? Wieso steht denn da kein Tee?

Lukas

Da stand oft Tee! Du kommst doch sowieso immer mal so oder so, ich kann ja nicht alle fünf Minuten Pfefferminzblätter rein- und raustun!

Sonia

Du weißt genau, was ich meine!

Lukas

Wart's nur ab. Jetzt sitzt du ja da unten. Wart's nur ab.

Schweigen.

Sonia

Du machst mir Angst.

Lukas

Du hast den Kaffee nicht bezahlt, ich glaube dir. Ich habe auch in deinen Unterlagen keine Rechnung gefunden. Du warst Anfang des Monats in einem Dessousladen.

Schweigen.

Lukas

Ich habe gar keine gesehen?

Sonia

Du bist so weit weg, Lukas.

Lukas

Weit weg von dem Ort, wo du sie getragen hast? Vielleicht bei einem, der rund um die Uhr Tee kocht? – Du brauchst, glaube ich, ein kleines Pfefferminzblatt im Gewande des glücklichen Liebhabers.

Sonia

Man kann Dessous auch einfach nur da drunter tragen!

Lukas

Die sind sehr teuer, 148!

Sonia

Ja!

Lukas

Dann finde ich es verdammt nochmal in diesen Zeiten ökonomisch angemessen, dass ich sie sehe! 148?!

Schweigen.

Sonia

Kannst du mich bitte losbinden. Lass uns was trinken gehen.

Lukas

Nein, wir können hier was trinken. Ich wohn jetzt hier.

Schweigen.

Lukas

Morgen zieh ich aus. Ich verlasse dich.

Sonia

So ein Quatsch.

Lukas

Ich hab hier alles. Wenn ich deine Stimme hören will und will, dass du dich sogar mit mir beschäftigst, gebe ich einfach die Nummer ein.

Sonia

Lukas, das bin nicht ich, dass sind nur meine Stimmbänder, die Sprache generiert irgend so ein Computer auf Chips.

Lukas

Hier hab ich dich auf jeden Fall mehr als zu Hause. – Ich kann mir ja vorstellen, ich bin hier mit dir auf einer Party, jetzt mal bei meinen Leuten. Und du sprichst mit jedem von ihnen. Nicht über dich, nein, über sie. Du beschäftigst dich mit ihrer Situation. Dies ist der Ort einer sozialen Party …

Sonia

Das läuft sowieso bald aus, ich hab den Vertrag gekündigt. Das macht jetzt in Zukunft Otto Sander.

Schweigen.

Sonia

Bind mich los.

Er schaltet den Diaprojektor an mit seinen selbsttherapeutischen Aufnahmen.

Lukas

Schau mal, was ich während der Aids-Gala gemacht habe. Selbstauslöser.

Sonia starrt auf das Bild 1, während sie versucht, die Fesseln zu lösen. Lukas mit einem Glas allein unter Menschen.

Lukas

– Hier das zweite Bild, ich nenne es: «Der Kreisverkehr, fotografiert von einem Ausländer». Versteht man das? Also, meist weiß man ja im Ausland gar nicht, wie reinkommen in den Verkehr. – Da. Von dir unbemerkt, stehe ich neben dir. Dieser Blick! Einerseits täuscht er vor, dass ich mich auch ohne dich da hingestellt hätte, dass ich eigene Wege gehe. Andererseits suche ich wie ein Adler eine Lücke für mich. Lücken für mich sind Momente, in denen einer einen anderen für die Begrüßung eines weiteren stehen lässt und dann vergisst. Konzentrier dich bitte. – Man hat nur drei Sekunden Zeit. Weil der, der jetzt vergessen wurde, auf keinen Fall länger als drei Sekunden gesehen werden will, wie er in der Gesellschaft unbeschäftigt dasteht. Wenn es mir gelänge, diesen komplexen Vorgang festzuhalten … Foto des Jahres! Aber ich habe nur drei Sekunden Zeit. Und dann muss ich ja auch noch seine Lücke schließen. Das ist hart.

Schweigen.

Lukas

Manchmal denke ich, du bist nur noch mit mir zusammen, weil es dich sympathisch macht. Nach außen.

Der Mann mit dem Papierstapel kommt herein, will auf den Automaten zugehen, bleibt irritiert stehen.

Lukas

Guten Abend.

Der Mann mit dem Papierstapel

– Guten Abend.

Lukas

Das ist Sonia. – Es ist alles in Ordnung. Bitte.

Der Mann mit dem Papierstapel tritt vorsichtig an den Automaten und gibt seine Registriernummer ein.

Der Automat

Herr Kück, 11 795 12 02 43 – vorübergehend keine Stellenangebote im angegebenen Bereich. Für Informationen Umschulungen/Frühpension drücken Sie bitte 0. *(Männliche Stimme)* Die Ansage wurde Ihnen präsentiert von Ihrer Agentur für Arbeit und der bekannten Moderatorin Sonia Berger. Drücken Sie A für den Druckvorgang.

Der Mann mit dem Papierstapel drückt A, wartet. Nimmt den Zettel, liest nochmal. – Geht langsam aus dem Amt.

Schweigen.

Umberto betritt mit Milchtüten das Amt.

Lukas

Hallo.

Umberto stellt die Milchtüten schnell in den Shop.

Lukas

Warte, ich hab's! *(Zieht einen Umschlag aus seiner Tasche)* Da ist es, ich zahle. Dreihundertdreißig.

Es stimmt, du brauchst nicht nachzuzählen. Das ist Sonia, ihr kennt euch ja.

Umberto nimmt den Umschlag und sieht etwas hilflos Sonia an.

Lukas

Gute Nacht dann.

Umberto winkt ihr vorsichtig zu. Geht aus dem Amt.

Lukas

(zieht ein Messer. Küsst Sonia) Wenn du nicht bei mir bleiben willst, nimm das. *(Gibt ihr das Messer)* Ich krieg den Knoten nicht mehr auf. *(Setzt sich auf die andere Seite des Automaten)*

Stille. Sonia sieht lange das Messer an.

7.

Jaro sitzt mit Umberto in der Mitte des Raumes vor dem Bild von Vermeer. Lukas trinkt konzentriert Latte Macchiato. Jule sitzt irgendwo und raucht eine nach der anderen. Vielleicht kommt zwischendurch ein Kunde und holt sich am Automat eine Absage oder ein absurdes Jobangebot ab. Zeit vergeht. Umhertreibende Zahlen auf der Anzeige.

Jule

Ihr könnt doch nicht stundenlang das Bild angucken.

Umberto und Jaro sehen weiterhin auf das Bild. Lukas hat ausgetrunken. Er öffnet jetzt eine Weinflasche. Schenkt den anderen ein.

Jule

(zu Lukas) Gehört das offiziell auch zum neuen Programm?

Lukas

Wenn ich trinke, schlafe ich, dann träum ich nicht.

Schweigen. Lukas hat aus einer Kiste ein Buch genommen und blättert. Jule raucht. – Zeit.

Jule

Diese Frau von … von wem?

Jaro

Vermeer!

Jule

Vielleicht wird ihr das jetzt auch ein bisschen zu viel?

Schweigen.

Jaro

Hör auf zu rauchen. Ich seh ja das Bild kaum noch. – Irgendwann brauchen wir dann auch mal das Original. Es gibt Tausende von unglaublichen Werken, die hängen überall herum, aber was passiert? Die Kunstwerke sehen die Menschen an! So hängen die überall da, guck mal. *(Deutet an, wie ein Werk wartet)* Diese Frau, die ganzen Figuren, das ganze Eigenleben dieser Werke, das muss uns ja mittlerweile fassungslos angucken, wie wir vor ihnen herumturnen!

Sie trinken.

Jaro

Wir gehen hier jetzt Bild für Bild durch und geben den Werken ihre Würde wieder. Danach kommt die Musik. Dann die Literatur, sogar Drama. Am Ende haben wir auch Würde.

Schweigen. Sie trinken.

Lukas

Ich möchte euch etwas vorlesen. Vor dreihundert Jahren geschrieben. Überschrift: «Die Gegenwart ist niemals unser Ziel». Soll ich?

Jaro

Moment. – Okay.

Lukas

«Wir halten uns niemals an die Gegenwart. Wir nehmen die Zukunft vorweg, als käme sie zu langsam, als müssten wir ihren Lauf beschleunigen, oder wir rufen die Vergangenheit zurück, um sie anzuhalten, als entschwände sie zu rasch: So töricht sind wir, dass wir in den Zeiten umherirren, die nicht unsere sind, und nicht an die einzige denken, die uns gehört …»

Jaro

– Das ist ja toll.

Jule

Ja. Ganz toll.

Jaro

Begreifst du das, Jule? Das heißt doch, wir müssen erst mal überhaupt kapieren, dass Zeit … dass Zeit nichts Schlechtes ist! Lukas, oder?

Lukas

Ich denk grad nach.

Jaro

Ja, man muss das wieder umdrehen, wir müssen das

hinkriegen, dass Zeit-Haben total angesagt ist! Wir setzen uns hier jetzt hin und üben.

Langes Schweigen. Trinken.

Lukas

Ich finde, man spürt richtig, wie das innerlich so eine Art Boxkampf ist.

Jule

Ich hol mir dann mal meinen Reisepass ab. Tschüs.

Lukas

Wo willst du denn hin?

Jaro

Jule verleiht ihren Pass an illegale Nutten, die so aussehen wie sie. Fünfzig Euro. Die Luftapparate waren nichts.

Jule

Irgendwas dagegen? *(Zu Lukas)* Bei einer Razzia landen die dann nämlich nicht gleich im Knast oder in der Ukraine.

Jaro

Pass auf. Du musst, wenn du hier sitzt, einfach nur verstehen: Du verlierst nichts! Ich gehe sogar noch einen Schritt weiter. Wir müssen das Zeitverlieren überhaupt erst wieder lernen und zwar so lange, bis es kein Verlieren mehr ist, sonst brauchen wir auch gar nicht mit der Neuen Arbeit anzufangen!

Lukas

Danke, das meinte ich. Erst mal muss man das grausame Gefühl von Zeit niederboxen und dann sie zwingen, sich Zeit für uns … Das ist irre … Die alte Zeit muss sich plötzlich Zeit nehmen und wird unsere, die neue Zeit … Eine Rückeroberung … das ist … na ja … Revolution.

Jaro

Bravo!

Jule

Habt ihr sie noch alle? Das ist ja total trostlos! Ihr sitzt hier rum wie Gespenster, bei der Weinprobe, und tut so, als sei das alles ganz großartig! Guckt euch mal an! Das ist doch keine Revolution! Halb nackte Frauen anstarren und schön herumwarten, bis wir stumm oder tot sind, das wollen die doch nur! Wir müssten ganz andere Dinge tun, alle gleichzeitig!

Jaro

Setz dich wieder hin, Jule.

Jule

Wolltest du dich nicht eben mit mir über Prostitution unterhalten? Oder passt das jetzt nicht in diese Blablaveranstaltung? – Jaro war nie richtiger Komponist, sondern Hilfskomponist. – Ich habe in deinen Bewerbungen gelesen. Es ist noch nie ein Musikstück unter seinem Namen gelaufen. Doch, in … Wie hieß noch dieser Superort?

Schweigen.

Jule

Die Musikzeitschrift ... Mojo führt ihn auf Platz 13 der glücklosesten Musiker aller Zeiten. Steht bei Google. Immerhin, registriert bist du. *(Geht weg)*

Jaro starrt auf das Bild, Lukas in sein Glas, Umberto guckt jetzt den Lehrfilm «Sicherheitstechniken deutscher Autotypen».

8.

Ein paar Stühle sind aufgestellt im Amt und bilden einen möglichen Laufsteg. Jaro steht mit Jules Jacke und Blume im Knopfloch vor jener Tür mit der umhertreibenden Nummernanzeige. Öffnet sie. – – Schlägt sie wieder zu. – Umberto kommt, ebenfalls in einem Sakko von Jule. Er betritt den Laufsteg.

Jaro

– Die Tür … Das war doch die Tür … von früher?

Umberto beginnt zu modeln. Jaro steht vor jener Tür. Umberto zieht das Sakko aus und wirft es betont lässig beiseite.

Jaro

– Was machst du denn? Du musst das anbehalten. Das ist eine Modenschau, kein andalusischer Striptease.

Umberto zieht es wieder an.

Jaro

Mittelschnell entlangschreiten. Ein paar Mal drehen. Sich zurücknehmen.

Umberto schreitet.

Jaro

Nee. Mehr in Richtung, als ob das Sakko selber laufen könnte. Du bist … Tempo jetzt gut … du bist ein zarter Interpret von etwas, das jemand erfunden und erschaffen hat. Das schon vorher da war, bevor du gebeten wurdest, ihm Leben und deinen Körper zu verleihen.

Umberto geht betont zart.

Jaro

Schlichter! Lass nur das Sakko sprechen, trau dem Sakko diese Kraft zu! – Ja. Sehr gut. Umberto classico. – Ich habe alle auf der Straße angesprochen, aber wirklich sicher sind nur drei. Stell dir vor, im Leihhaus habe ich alles auf den Tisch gelegt, meine Uhr, mein Telefon, 60 CDs, hatte aber trotzdem danach nur dreihundert, die habe ich heute verteilt. Der Mann, der mal hier war, mit der Frau und dem Wasser. Weißt du, der, der sagte, seine Frau sei ein Rockkonzert in seinem Kopf? Die machen mit. Sie modelt, er kauft. Hab noch einen. Ich wollte, dass ihr alles weggekauft wird …

Umberto stoppt, steht kurz da. Greift in seine Hosentasche und gibt ihm den Umschlag von Lukas, der in diesem Moment das Amt mit einer Kiste Flaschen betritt.

Lukas

Geht's schon los? Ich war zwanzig Minuten auf ihrem Redaktionsfest. Haben die gar nicht gemerkt, dass ich damit … Das ist Spitzenwein! *(Stellt die Kiste vor Umbertos Shop ab)* Ihr beide gratis, Kunden das Glas drei fünfzig, sagen wir drei. *(Zu Jaro)* Ich weiß, du kämpfst gegen das Zählen, aber so schnell, mein Lieber, geht's mit der alten Gesellschaft leider nicht zu Ende. *(Zu Umberto)* 25 Prozent auf die Flasche für dich. Gut siehst du aus.

Jaro küsst Umberto und geleitet ihn nach hinten, dabei reißt er nebenbei den Umschlag auf. Lukas öffnet eine Flasche.

Lukas

Ich setz mich in die erste Reihe.

Jaro drückt ihm das Geld in die Hand.

Lukas

Die ganze Kiste?

Jaro

Hör mal, du kaufst ein Herrensakko! Und dann noch ein Kleid, du kannst es behalten. Stell keine Fragen. Ein Wort, und du verwüstest ein stolzes Herz.

Paula betritt das Amt, gleich danach der Mann mit dem Papierstapel, den er diesmal nicht dabei hat. Er trägt einen altmodischen Anzug.

Jaro

Guten Abend. Wenn Sie vielleicht Platz nehmen wollen. *(Zu Paula)* Kommen Sie bitte Backstage. *(Führt sie)*

Der Mann mit dem Papierstapel setzt sich.

Lukas

(zählt das Geld) Guten Abend. Ungewöhnliches Event, was? Ich glaub, wir haben uns … Lukas Friedländer, Erdforscher.

Der Mann mit dem Papierstapel

(steht wieder auf) Kück. August Kück, Landwirt. Früher. *(Setzt sich)*

Lukas

Früher …

Anton betritt das Amt.

Anton

Guten Abend. Anton Staufer.

Lukas

Lukas Friedländer, Erdforscher.

Anton

Ah, hallo, Sie sind doch der Mann …? Der, mit der … Wie heißt die nochmal … Grüßen Sie sie einfach mal …

Lukas

Nein. *(Dreht sich weg)*

Anton

– Ja, die Zeiten ändern sich. *(Wendet sich Kück zu)* Zigarillo? Ich sage immer zu meinen Studenten: Unsere Zeit ist wie der Himmel, wenn Wind ist.

Der Mann mit dem Papierstapel

Vielen Dank.

Anton

Hell, dann dunkel. Blau, dann grau. Immer Bewegung. Grad ist hellblau. Verkürzt natürlich. Guten Abend. Anton Staufer.

Der Mann mit dem Papierstapel

Kück. Landwirt.

Jaro betritt den Laufsteg.

Jaro

Willkommen, guten Abend!

Umberto schreitet zart herein.

Jaro

Umberto Muti. Etwas zu früh. Kannst du bitte reinkommen, wenn's losgeht?

Umberto geht wieder Backstage.

Jaro

Meine Herren, ich weiß, Sie alle sind ohne Ihre Begleitungen gekommen, weil Sie vielleicht die eine oder andere überraschen wollen, aber ich sage Ihnen gleich: Wenn Ihnen etwas gefällt, entscheiden Sie schnell. – Eines Tages kam sie hier herein. Durch diese Tür. Farben. Schnitt. Welch ein Stil. Ein ganzer Koffer. – Ich komme zum Ende. Begrüßen Sie mit mir: «Berlin am Meer», Jule!

Jule tritt auf, in einem Kleid, beschämt, erst zurückweichend, dann mit einem Lächeln, weil auch geklatscht wird. Jaro spielt Musik. Lukas trinkt. – Paula tritt auf. Sie sieht schön aus, an den Handgelenken sieht man weiße Verbände. Sie schaut vorwiegend auf den Boden. Als Anton besonders laut klatscht, will sie abgehen, aber August Kück springt auf, hält Paula am Kleid und deutet an, er nehme es. Er hat das Geld schon in der Hand. Umberto schreitet vorsichtig herein. Jaro unterbricht.

Jaro

Doch nicht mittendrin, Herr Kück! Der Verkauf findet danach statt!

Anton

Tut mir Leid, dieses Kleid muss ich kaufen! Dieses muss meine Frau tragen! *(Zu Paula)* Sie hat genau Ihre Größe! Ich habe mir in den Kopf gesetzt, es ihr zu schenken, und ich schenke es ihr!

Paula scheint kurz vor dem Zusammenbruch.

Jaro

Ist alles in Ordnung?

Paula

– Ja.

Anton

«Ja». Nichts ist in Ordnung! Sie kann nicht einmal eine Sache durchziehen, ohne mir ständig zu zeigen, dass ich schuld bin!

Jaro

Ich bitte Sie, wieder Platz zu nehmen.

August Kück setzt sich.

Anton

Und halt mir nicht mehr deine Handgelenke so hin! Dieses ständige vorwurfsvolle Wanken!

Jaro

Sie auch, bitte.

Anton

Freu dich doch mal, dass ich bemerke, wie meiner Frau das Kleid steht! Stattdessen ständig so mit den Handgelenken!

Paula

ICH bin deine Frau!

Anton

Das weiß ich selber!

Paula

Du hast noch nie bemerkt, dass mir ein Kleid gut steht! Dann schrei es bitte nicht ausgerechnet dann so raus, wenn du mit mir in der dritten Person sprichst! Vielleicht steht auch in Wirklichkeit einer Geliebten das Kleid gut?! Du musst deiner Frau keins kaufen! Und brüll es nicht so heraus, wenn du nur so tust, als würdest du ihr eins kaufen!

Anton

Wieso nur so tue!? Welche Geliebte denn?!

Jaro

Hinsetzen bitte …

Paula

(zu Jule) Es tut mir so Leid …

Anton

Ja, er hat mir das Geld geschenkt für irgendwas von der Künstlerin da, der Jule, na und?! Ich könnte auch einfach nur ein Sakko für mich nehmen und fertig!

Mach ich aber nicht! Ich hab Zigarillos gekauft, und jetzt guck ich mir alle Kleider an und will das schönste für dich, was ist denn daran wieder so schlimm, Paula?!

Jule, die regungslos dastand, ist nach hinten abgegangen. Jaro hat sich blass auf einen Stuhl gesetzt.

Anton

Mein Gott, als er hier an dem Kleid zog, dachte ich: Ja, vielleicht ist es das? Vielleicht schon das? Ich habe mich in dem Augenblick, als ich dich in dem Kleid sah, neu verliebt! Und du?! Sofort wieder die Handgelenke der ganzen Welt wankend hingestreckt! So, da, so!

Lukas

Das nervt! Ist der irre, oder was?! Können Sie sich nicht einfach die Show angucken und fertig?!

Anton

Geht einfach mal alle ganz normal arbeiten! Immer dieses Kreativgetue! «Nein, ich kann nichts anderes!» Mach ich doch auch! *(Steht vor Paula)* Male Töpfe an, klapper die Blumenhandlungen und Friseure ab! Mal was an, was man braucht, aber verschon mich mit deinen Handgelenken!

Umberto will Anton zu seinem Platz führen.

Anton

Nicht anfassen! Du?! Hast du dich hier jetzt selbständig gemacht, oder was? Wird ja immer größer! *(Packt sich ihn)* Ich versteh das ganze System überhaupt nicht mehr, wieso ist eigentlich der der Einzige, der hier … Ein Stummer aus … aus wo?!

Lukas

Vorsichtig, ja!? Rassisten hau ich eins in die Fresse, du promigeiles Arschloch! *(Beginnt ihn auf den Stuhl zu drücken)*

Paula

Lass uns später reden …

Anton

Paula! Wir kommen nicht vorwärts! Wenn du jeden Schritt, den ich vorgehe, auf der Stelle umdeutest in einen Rückschritt! Weißt du noch? Ich habe dir angeboten, Leben entstehen zu lassen! Im Garten! Es einfach zu tun … endlich … auch meine Schuld, ja … aber jetzt … *(Zu Lukas)* Kann ich mal bitte aussprechen, ja?! … – Wie eine Explosion! Wir schleudern in die Luft! Ich halte dich an der Hand, und wir schleudern in etwas Neues … Irgendwohin! Aber etwas Neues! Und du?! Sitzt auf der Straße, nimmst die Heckenschere, und ich bin schuld …

Jule steht jetzt vor Paula und kippt ihr ein Glas über das Kleid. Dann nimmt sie ein Feuerzeug. – Paula steht in Flammen.

9.

Irgendwann abends. Herzberg kommt mit Aktenkoffer aus einer Tür des Amtes. Geht um den Automaten herum wie um ein wildes Tier. Dann noch einmal, etwas schneller, fast tanzend.

Herzberg

Ich hab's geschafft, modernisierter geht es nicht! – Hallo? Umberto, sind Sie im Dienst? Sie sind der Letzte, gratuliere, ich habe Durst … *(Zieht das Jackett aus. Bewegt sich um den Automaten)* … Du und ich sind zwei, aber nur noch eine Stelle, du Miststück du, erklär mir mal, was wir hier jetzt zusammen 24 Stunden machen …? *(Steht vor dem Automaten)* Eene meene Miste, es rappelt in der Kiste … Frau auch weg, Kind weg, erste Frau will nicht mehr, ich sag noch: Nun geht es doch, bin ruhiger, Katharina, nee, Christina … Der Job ist ja so irre still geworden, Verena … ich muss was trinken … *(Läuft zum Shop. Klopft)* Umberto!

Er tritt die Tür ein. Geht in den Shop. – Umberto kommt vorsichtig ins Amt, in den Armen Schnapsflaschen und Bier. Herzberg tritt aus dem Shop mit einem Glas Milch.

Herzberg

– Guten Abend. Sie kommen doch da gerade von unten … Und da würde mich mal interessieren: Ist da noch was? Also, wenn ich jetzt hier raus da unten ins Leben trete, dann, ich bin mir sicher, dann ist das Land weg. In Hongkong! *(Sieht aus dem Fenster)* Die haben alles abgebaut und wieder zusammengeschraubt in Hongkong, auch in Polen! Du, die schrauben mein Land einfach wieder zusammen in Litauen, du warst doch gerade unten, und? *(Nimmt Umberto eine Schnapsflasche aus den Händen)* Wunderbar! *(Trinkt)* Umberto, die einzige Firma, die's hier noch gibt, sind wir!

Umberto prüft die Einbruchsstelle und hält eine kaputte Tür in den Armen. Herzberg läuft mit dem Schnaps und der Milch durchs Amt, reißt das Fenster auf.

Herzberg

Umberto, China! Da ist die Einstellung richtig, nicht diese Gestalten hier! Ich kann die … die nicht mehr sehen! Der Einzige, der hier noch Tugenden hat, bist du! *(Trinkt)* Ist das deutsche Milch?! Mach mal Kaffee! Solange wir noch die Kühe haben! Die sind ja auch bald weg, die melken dann auch die Chinesen in Shanghai, so weit kommt das noch! *(Trinkt)* Ich lass dir eine neue deutsche Tür anfertigen, in Taiwan, geht schneller, die ist dann übermorgen hier. *(Trinkt)* So.

Wo sollen denn hier die Löhne bitte herkommen … wo?! Vom Himmel?! Freunde von mir aus Westfalen, Bielefeld, die sind mit ihrem Betrieb, Bremskraftverstärker, nach Lettland! *(Trinkt)* Nur hier, hier geht die Tür da auf und nur Beschwerden! Aber immer schön selber die billigen Sachen … Ja, wer kauft denn die japanische Mikrowelle … Moulinex-Maschine … Fuchtelt ständig mit scheiß Kleinaktien herum …?! Verena! Macht vor zwei Wochen die Bluse auf, Jesses Maria, wahnsinniger Büstenhalter, ich freu mich, meine Hand schon dran an der Ware, und dann: Wieder Hongkong! Sag mal, wickeln die jetzt alles ein?!

Umberto stellt einen normalen Kaffee hin, versucht höflich zuzuhören, beginnt sich dann wieder vorsichtig in seinen Shop zurückzuziehen.

Herzberg

Du bietest deutschen Schnaps, ich danke dir! Du kannst ja hier auch slowakischen hinstellen, machst du aber nicht … Du weißt: Dies ist ein deutsches Amt, da gibt's deutschen Schnaps, ist doch ganz einfach, das muss auch für die deutschen Brüste gelten! Aber wenn die hier ständig einen auf global machen, ja, dann muss man sie halt lokal rausschmeißen! Wer Rendite will und parallel lokal seinen Arsch nicht hochkriegt, fliegt! Umberto, komm doch mal raus, ich find es schön, mich mit dir auszutauschen, ich nehm noch zwei Löffel Zucker. Hörst du mich? *(Trinkt)* Die kriechen hier alle rein durch die Ritzen, mit ihrem Leid auf der Fresse, das kann ja nur noch ein Automat aushalten! Hatten die anderen nicht immer mit Milchschaum? Wieso hab ich keinen Milchschaum?!

Umberto verbarrikadiert den Shop von innen.

Herzberg

Diese Egoisten mit ihren Ich-Ich-Gesichtern! Statt an das Ganze zu denken! Dann sollen die sich doch an die ungarische Grenze stellen! Unsere Produktion aufhalten und wieder nach Hause tragen! Und dann hier anfangen, endlich anfangen! Mit chinesischer Demut! Ich fordere bulgarische Tugenden! Du, woher kommst du nochmal?! Polnisches Opfertum will ich sehen! Ja, wo leben wir?! Wo bist du denn, hier ist 24-Stunden-Service! Mach mir doch noch 'ne Suppe! Mit Geflügel! Hallo? – Kuckuck. – *(Setzt sich auf den Boden, mit dem Rücken am Shop lehnend)* – – Was mach ich denn jetzt …

Er trinkt. Steht auf. Dreht sich noch einmal um. Betrachtet das Amt. Verneigt sich. Geht. Lukas kommt ihm entgegen. Er hat wieder eine Kiste Wein dabei, mehrere Gläser, Chips.

Herzberg

Mahlzeit. *(Geht aus seinem Amt)*

– Lukas stellt Gläser auf, drapiert den Rest. Er öffnet, sich umsehend, zwei, drei Knöpfe seines Hemdes. Wartet. – – Ein junger Mann kommt herein.

Der junge Mann

– – Hallo.

Lukas

Guten Abend.

Schweigen.

Lukas

Noch so spät gucken, ob sich was tut? – Der Automat steht da.

Der junge Mann

Komische Location.

Lukas

– Ja, so wird das jetzt gemacht.

Schweigen.

Lukas

Wie so ein ganzes Land vor die Hunde geht. Da hilft auch kein 24-Stunden-Service. Wenn's dunkel wird, kommen nur Absagen raus. Ist ja auch klar. Tagsüber geht alles weg, und nachts kommt nichts Neues rein. Da müssten schon Arbeitgeber in Amerika oder Japan … Dann würde das funktionieren. Wegen der Zeitverschiebung. Vielleicht morgen nochmal wiederkommen? Tagsüber?

Der junge Mann

Nee, da stand 22 Uhr. Ist ja erst zehn nach. Da kommt schon noch wer. Gibt's irgendwie Hinterzimmer?

Lukas sieht zunehmend irritiert aus. Schweigen.

Der junge Mann

In der Anzeige stand gar nicht, ob blond oder dunkel. Ich find so bis 30 okay, und du?

Lukas

– Entschuldigung, also, Sie sind hier, glaube ich, falsch. Ich muss Sie bitten zu gehen … Auf Wiedersehen.

Der junge Mann

Was ist denn jetzt los? Ich nehm dir doch nichts weg. Du kannst ja zuerst anfangen.

Lukas

Das ist mein Termin, du kannst dich doch nicht einfach an meinen Termin dranhängen!

Der junge Mann

Wie bist du denn drauf, das ist bei Gangbang so! Da hängen meistens ganz viele dran, an einem Termin, das ist ja der Sinn! Oh, Mann! Weißt du überhaupt, was das hier ist?!

Lukas

Ja! Das ist hier ein Gangbang für Frauen! Kannst du nicht lesen?

Der junge Mann

Willst du mich verarschen, so was gibt's überhaupt nicht!

Lukas

Doch! Ich habe das System umgedreht! Ich erwarte Frauen, traurige Frauen! Je mehr, desto besser!

Der junge Mann

Super, da kann ich ja mithelfen.

Lukas

Nein, mach dich vom Acker! Hier kommen Frauen, die sind unsichtbar! Diese Frauen, die haben geliebt, und dabei sind sie so wahnsinnig dunkel geworden, dass du die überhaupt nicht mehr siehst, wenn die hier reinkommen! Das ist nichts für dich! Da muss ein Spezialist ran, ich erwarte hier Schattenfrauen! Was weißt du Pimpf von Schatten? Da muss man auch gar nicht Gangbang machen, da wird erst mal geredet! *(Beruhigt sich)* Am Ende, vielleicht kommt der Sex ganz am Ende und verwandelt sie alle vom Schatten in einen ... Bodennebel ... Sanft werden sie aus dem Amt wieder abziehen.

Der junge Mann

– Warum schreibst du das nicht in deine scheiß Anzeige rein?

Lukas

Das steht da in dem Sinne so drin.

Der junge Mann

Nee, von Schatten und Nebel und diesem ganzen Mist steht da nichts, da steht Gangbang unter «Sie für Ihn»!

Lukas

Nein, da steht garantiert «Gangbang für Frauen», das ist «Er für Sie», das ist ja wohl logisch!

Der junge Mann

«Er für Sie» guck ich gar nicht! Das stand unter «Sie für Ihn»!

Lukas

Dann war das vielleicht ein Zuordnungsfehler von Seiten der Redaktion, ich hab das ja nicht nachgeprüft!

Der junge Mann

Über so eine bekloppte Anzeige haben die sich doch wahrscheinlich selbst gewundert, die wussten gar nicht, wohin damit!

Schweigen.

Lukas

Ja, das wird ja auch immer schwieriger: Sie–ihn, er–sie, es–wir … tut mir grundsätzlich Leid, eigentlich wollt ich hier zwei Fliegen mit einer Klappe … Möchtest du einen guten Wein … anstatt? Darfst du schon Wein trinken?

Umberto kommt vorsichtig aus seinem Shop. Er trägt ein Jackett von Jule und beginnt einen Auftritt zu üben in der richtigen Mischung aus Zurückhaltung und Betonung.

Der junge Mann

– Sind da die Frauen drin?

Umberto erschrickt, sieht Lukas. Winkt.

Der junge Mann

Wenn deine unsichtbaren Frauen nicht kommen und du jetzt plötzlich homo bist, hau ich dir eine.

Lukas

Ich bin nicht homo, meine Freundin arbeitet beim öffentlich-rechtlichen Fernsehen, die weiß das.

Der junge Mann

Ist das Bordeaux?

Lukas

Spätburgunder. Umberto, zum Wohl.

Sie trinken zu dritt. Schweigen. Dann trinken sie noch einen.

10.

Auf der Straße. Herzberg steht im Mantel vor Jule. Sie hält Zeitungen im Arm.

Herzberg

Guten Morgen. Ich, der neue Mann hier … *(lacht)* … Ich sag dir jetzt mal, was hier falsch lief und warum wir jetzt diese Schulungen machen. So! Es war ja nicht mehr zu ertragen, wie ihr die Sache angeboten habt seit Jahren mit eurem ständigen Elend. In Zukunft läuft das jetzt anders. Am liebsten würd ich euch nach China oder Bratislava schicken, damit ihr seht, dass man auch mal lächeln kann bei der Arbeit! Tritt du mal vor, ja? *(Winkt Jule zu sich)* Verkauf mir jetzt mal eine. – Na?

Jule

(muss sich überwinden) Guten Morgen, haben Sie einen Moment Zeit …?

Herzberg

Jesses Maria! «Haben Sie einen Moment Zeit?» Nee! DU hast keine Zeit! Spiel mir vor, dass es eine Vielbeschäftigte, keine Arme trifft, wenn ich dir deine «Street-Gala» abkaufe! Ist der tiefere Sinn erfasst? Erklär mir doch bitte mal den Witz von «Street-Gala»! Ich will, dass du wie ein Werbespot mit autonomem Lebensgefühl an mir vorbeiziehst, ja? Nicht direkt angraben, die Kaufidee muss ich kriegen. Mach es! – Mach es autonom, outdoormäßig an mir vorbei, und dass ich die Kaufidee kriege!

Jule erstarrt.

Herzberg

Na, da kommt ja jemand. – Verkaufen! Ich schmeiß dich raus … Du bist die Erste … *(lacht)* … am Ende kann ich ja wieder mich selbst rausschmeißen … *(Ein absurdes, klägliches Lachen)* «Herzberg, würden Sie bitte Ihren Schreibtisch aufräumen und gehen, oder wollen Sie sich hier die ganze Zeit selber anschreien.» – «Nein, nein, Herr Herzberg, ich geh dann mal. Auf Wiedersehen. Tschüss.» *(Versucht, sich zum Abschied selbst die Hand zu schütteln)*

Jaro

Jule … Ich suche dich seit … Wo warst du denn, ich muss dir …

Jule

Haben Sie einen Moment Zeit? *(Hält ihm eine «Street-Gala» hin)*

Jaro

Was? Ich kann dir das alles erklären, ich …

Jule

Kauf sie! Schnell!

Jaro

Warum? Gleich …Wir machen das jetzt anders …

Jule

Zahlen Sie mit Kreditkarte?!

Jaro

Was redest du denn?

Jule

Kaufen Sie mir einfach alle ab?! Hier, hier …

Jaro

Jule …

Jule

Kauf jetzt. *(Weint)* Kauf! Kauf! *(Schlägt mit den Zeitungen auf ihn ein)*

Dann läuft sie weg.

11.

Irgendwo zwischen Straßen und Feldern. Zwei Campingstühle. Im Hintergrund und nicht sichtbar Bahngleise. Anton in einer orangefarbenen Weste. In der einen Hand hält er eine Signalfahne, in der anderen eine Handleuchte. Paula trägt Verbände. Es dämmert. Sie sitzen so da.

Anton

Schön, dass du mitgekommen bist.

Stille.

Anton

Gestern kam ein Interregio. Ich schau in die Fenster, und weißt du, wer genau hier an mir …? Da sitzt man Jahre zusammen im Fachbereich, und dann fährt Petersen vorbei … zur Vorlesung … Klaus Petersen … lesend vorbeigefahren. Ich hab noch auf die Uhr geschaut, na, da kommt er pünktlich. – Ich kann ja den Zug nicht stoppen!

Schweigen.

Paula

Was musst du denn hier machen?

Anton

Ich bin ein Sicherungsposten. Habe ich doch erzählt.

Paula

Ich habe das noch nicht verstanden.

Anton

Da vorne, zwei Kilometer weiter, wird irgendwas repariert. Die Züge werden über ein automatisches System gewarnt, aber die Eisenbahnsignalordnung sieht vor, dass bei kurzfristigen Arbeiten ein Sicherungsposten optische Warnsignale gibt. Das bin ich. Das habe ich in der Schulung gelernt.

Schweigen. Paula weint.

Anton

Schau mal, Paula, Kreissignal: Fahne im Kreis schwingen, wenn ein Zug sofort halten muss. In den Wintermonaten ab 15 Uhr 30: die abblendbare Handleuchte, auch im Kreis. Steht alles im Deutsche-Bahn-Signalbuch, DS 301. Es gibt auch die Rottenwarnsignale, da hat man dann Mehrklanghörner. Drei kurze Töne hintereinander: Sofort halten.

Paula blättert im Signalbuch. Schweigen.

Anton

Das ist eine hohe Verantwortung. Da muss man gar nicht traurig sein.

Schweigen.

Anton

Wenn ich an meine ganze Reiserei früher denke. Da bin ich im Nachhinein froh, dass es Sicherungsposten gab. Ich bin gereist und wusste gar nicht, dass es sie gibt. Sitzen einfach am Rand, und wenn es drauf ankommt, Fahne im Kreis.

Schweigen.

Paula

Der junge Mann, der wollte der Frau etwas anderes erfinden.

Anton

Ja. Aber es war doch gelogen. Und du hast gebrannt.

Paula

– Es war trotzdem schön.

Schweigen. Anton prüft die Handleuchte.

Paula

Man muss irgendwas tun. – Wir können da gar nicht mehr mitmachen … Was haben die dir denn da in die Hand gedrückt …? Ich will das nicht … Wir brauchen keine Strohhalme, die sollen die sich sonst wohin stecken … Ich werde jetzt sieben Meter mal sieben Meter große Ölbilder malen und überall hinhängen, da laufen auf den Bildern drei Meter große Menschen rum, aus denen bis zum Bildrand Bäume wachsen … Palmen, Birken … was gibt's denn noch für welche …? Die laufen alle in die Ämter und geben diesen Armleuchtern und Bürokraten, die höchstens 25 Zentimeter groß dasitzen mit ihren scheiß Halmen, diesen Stöckchen, die sie uns immer noch so ganz verwundert hinhalten, weil sie denken, wir sind Dackel, irgendwelche Köter … Wir geben ihnen jetzt lachend ihre kleinkarierten Akten zurück, ihre Formulare und Klauseln, mit denen können sie zusammen mit den Stöckchen Mikado spielen, während Tausende von riesigen Mischwäldern die Ämter verlassen und einfach nur für sich da sind, blühen und groß bleiben. – *(Sie wirft das Signalbuch ins Feld.)*

Schweigen.

Anton

Wir haben früher oft gesungen.

Paula

Ja.

Anton

Wollen wir?

Paula

Ja.

Anton

– Fang du an.

– – – *Sie singt leise.*

12.

Jaro auf der Straße. Er steht vor dem Eingang eines Wohnheims, eine Klappe in der Tür öffnet sich.

Jaro

Guten Tag.

Stimme hinter der Tür

Bett: 1,90, Flasch Bier: 1,10.

Jaro

Ich habe eine Frage. Ich suche eine Frau. Sie hatte diese Möglichkeit mal erwähnt und wenn, dann kann, glaube ich, kann es nur gestern …

Stimme hinter der Tür

Körperbehaarung?

Jaro

Bitte?

Stimme hinter der Tür

Viel Behaarung?!

Jaro

Was?

Stimme hinter der Tür

Du brauchst 'nen Nachweis, oder wir machen jetzt Läusetest!

Jaro

Läusetest? Ich suche jemanden ... Wie kommen Sie eigentlich darauf, nur weil ich hier klopfe ... Nachweis? Hat jemand, der die Arbeit niederlegt, automatisch Läuse, oder was?! Ich lehne nur gewisse Dinge ab, davon bekommt man keine Läuse! Ich will auch keine Flasch Bier! Das ist ja ein Klischee-Horror hier! – Darf ich Ihnen mal was sagen? Sie sind nicht mehr auf dem Laufenden. Bei Ihnen werden bald immer mehr Menschen klopfen, die haben noch nie eine Laus gehabt, höchstens in der Grundschule. Es wird jetzt eine Zeit kommen, da werden hier Menschen stehen, die werden Sie mit Ihrem Blick gar nicht mehr erkennen. An diese Tür ... da wird das ganze System anklopfen! Die werden hier mit Autos, mit Bussen vorfahren oder mit Flugzeugen ... Manche werden sogar ihr halbes Büro mitbringen, Sie können schon mal ihre scheiß Möbel wegräumen, die kommen hier nämlich mit ihren Arbeitsplatten, Drehstühlen und Interaktionsnetzen, besorgen Sie mal lieber ein paar Doppelstecker und Gruppenpsychologen, es kann sein, dass es hier ein bisschen voller wird, die werden hier komplett vorgefahren ... die Globalen, die Nationalen, die Reformierten, die Illustrierten, die Finanzmärkte mit dem Taxi, der Mittelstand mit Easy Jet, das schöne Lohnsystem, die Orchesterlandschaft und so weiter, und dann wird das ganze System da mal reinmüssen ins Wohnheim, und irgendwann wird es hoffentlich mit dem Grundgedanken für ein neues System wieder rauskommen! Oder eben die Barbarei … das weiß man noch nicht … und im Prinzip hatte ich ja auch eigentlich nur eine Frage … Kann man einfach mal was fragen? Ich suche eine Frau. Jünger. Schön, definitiv ohne Läuse. Einfach nur grad etwas verloren, im Übergang, großer Koffer. Jule … Hallo? – Hallo!

Die Klappe der Tür ist längst zu.

Jaro

Arschloch.

Oben geht ein Fenster auf, der Koffer fällt auf die Straße.

Jaro nimmt den Koffer, er ist ganz verkohlt. Er öffnet ihn, hält verbrannte Kleider in der Hand, eins, zwei, mehrere, «Berlin am Meer». Er packt alles wieder ein. Nimmt den verkohlten Koffer. Geht.

13.

Umzugskisten stehen im Amt. Lukas sortiert Bücher. Sonia legt Hemden zusammen.

Sonia

Wie viele hast du denn mitgenommen?

Lukas

Alle. Dies ist ein sehr modebewusstes Amt.

Sonia

Das hier, das trägst du doch gar nicht mehr?

Lukas

Umberto und ich planen eine Bibliothek. Mit kundenorientierten Werken. – Den Brockhaus nehm ich wieder mit.

Sonia

Das kriegen wir doch alles gar nicht in den Peugeot! Lukas, ich dachte, das wär ein Scherz, du kannst doch hier nicht aus Protest einziehen …

Lukas

Ich weiß. Wir rufen ein Taxi. Bin ich auch mit hergekommen. Drei. Wir sind Kolonne gefahren.

Sie packen. Sie trinken.

Lukas

Ich habe nachgedacht. Halt mal eben die Kiste auf. – Wir dürfen da nicht mehr so offen hineinrennen. Wir müssen die gefährlichen Gebiete absperren. Für eine Zeit. Uns auch mal woandershin bewegen. Das braune Hemd da. Ich seh mich damit noch. Ganz am Anfang. Wir haben alle Schafskäsesorten auf Kreta getestet, dabei müssen wir ja endlos geredet haben, über die Welt, die Entstehungsphasen, über die Geheimnisse des Erdinneren und den Sinn der Fernsehtalkshows, die oben drauf stattfinden, wir haben ja nicht nur stumm getestet, den Käse, soll ich's mal anziehen?

Sonia

Ja.

Lukas

(zieht sein Hemd aus) Ich bin von Natur aus ein unterhaltender, spielerischer Mensch, mein geologischer Unterricht, das war für die Schüler so eine Art Early-Morning-Show, das hätte man senden können statt «Sex and the City» … Ein Knopf fehlt. Ich hatte sogar einen Rap … *(Er tanzt leicht)* Holozän, Pliozän, Eozän, Oberkreide, Unterkreide … Dann kam irgendeine Strophe über den Brontosaurier … und da war auch ein Rhythmus drin bis hin zu den Stämmen der Wirbellosen und wieder zurück.

Sonia

Ich möchte mit dir schlafen.

Lukas

– Sonia …

Sonia

Ja …

Lukas

Nicht auf dem Arbeitsamt. Ich kann hier nicht.

Sonia

Komm …

Lukas

Sonia, das ist hier vom Konzept her ein 24-Stunden-Service … Es kommen zwar immer weniger, weil deine schöne Stimme nur noch Unheil verkündet … Also, stell dir das doch mal vor! Da bist du als Mensch, und da bist du als Maschine, und ich soll mich dann dazwischen …? Ich kann nicht, geht nicht.

Sonia

Dann machen wir den jetzt kaputt. Was muss ich tun?

Lukas

Ich weiß nicht.

Sie nimmt ein Bier und geht zum Automaten. Gießt das Bier über den Automaten.

Sonia

Sag mal deine Nummer.

– Lukas tippt.

Der Automat

(Sonias Stimme) Herr Friedländer, 13 957 13 05 64 – vorübergehend keine Stellenangebote im angegebenen Bereich. Für Informationen Umschulungen/Frühpension drücken Sie bitte 0. *(Männliche Stimme)* Die Ansage wurde Ihnen präsentiert von Ihrer Agentur für Arbeit und der bekannten Moderatorin Sonia Berger. Drücken Sie A für den Druckvorgang.

Sonia

Scheißding.

Lukas

Warte mal. *(Geht hinter Umbertos Shop. Kommt mit einem Werkzeugkasten zurück)* Du bist bestimmt auf irgendeinem Chip. *(Schraubt)*

Sonia

In welcher Kiste ist denn die Isomatte?

Lukas

Da. *(Schraubt)*

Sonia

Vielleicht ist der Chip gar nicht hier, sondern in irgendeiner Zentrale wie beim Tele-Banking?

Lukas schraubt jetzt auf dem Rücken liegend.

Sonia

Gibt es ein Netzkabel?

Lukas

Weiß ich nicht.

Sonia

Guck, ob ein Kabel in den Boden geht. Vielleicht ist der die ganze Zeit online, und man macht es einfach auf offline?

Lukas

Keine Ahnung.

Sonia

Schneid mal irgendwas durch.

Es ertönt: ABCDEFGHIJKLMNOPQRSTUVWXYZ. Noch einmal. Es hört nicht mehr auf.

Sonia

Was ist denn das?!

Lukas

Das Abc! Gesprochen von Sonia Berger! *(Nimmt einen Hammer und haut auf den Automaten)*

Es ertönt: 12345678910 … Hört nicht mehr auf, dazwischen ab und an das Wort: «Frühpension», «Frühpension».

Lukas

Mein Gott! Hilfe! *(Schlägt noch mal drauf)*

Ruhe.

Sie sitzen auf den Kisten. Schweigen.

Lukas

Das willst du doch … Überall präsent sein.

Sonia

Was soll das jetzt wieder?

Lukas

Ich würde auch einer Frau zujubeln, die hier mit einem orientierungslosen Kunden … Wie menschlich!

Schweigen. Sonia zieht sich wieder an.

Lukas

– Ich wollte damit sagen … Entschuldigung. Ich bin einfach am liebsten mit dir allein … Ohne den ganzen Zirkus. Wie früher …

Schweigen.

Lukas

Vielleicht koch ich uns was zu Hause.

Sonia

Ja.

Schweigen.

Lukas

Ich bestell zwei Taxen, und wir fahren mit dem Peugeot vor.

Schweigen.

Lukas

In der Zeitung war heut eine Meldung über einen arbeitslosen Dozenten, der dann bei der Bahn einen Job hatte, irgendwo auf der Strecke. Hast du das gelesen?

Sonia

Nein.

Lukas

Er soll im letzten Moment ein Schild mit «Heute keine Vorlesung» hochgehalten haben. Das hat man bei ihm gefunden. «Heute keine Vorlesung» …

Schweigen.

Lukas

Also, als ich neulich mit Jonas sprach, machte er sich Sorgen um seinen Bruder. Der war ja auch auf der Hochzeit, Hans, du kennst den. Die Frau von Hans hat eine Psychose und sagt jedem, dass sie sich heute zum letzten Mal gesehen haben. Jedem. Auch ihm. Wenn Hans morgens aus dem Haus geht, weiß er nicht, ob er seine Frau zum letzten Mal gesehen hat.

Sonia

Wenn sie es Hans dreimal gesagt und sie sich dann doch dreimal wieder gesehen haben, dann kann man sich vielleicht dran gewöhnen.

Lukas

Vielleicht. Eventuell. Das ist aber eigentlich auch nicht der Sinn einer Psychose. Ich glaube, Hans muss das jedes Mal sehr ernst nehmen. – Mich interessiert das.

Sonia

Ist das wieder ein Vorwurf? Ist das jetzt wieder wie neulich, im Auto zum Studio, als du auf den See gezeigt hast? «Da, das Wasser ist so still», total abrupt dahingesagt wie jetzt.

Lukas

Ich habe einfach nur bemerkt, dass der See still war.

Schweigen.

Lukas

(nimmt sich ungeniert einen Zettel vor) So, ich zieh das jetzt durch. Kino! Wir gehen mal wieder ins Kino! Sonia, das ist hier so eine Art Spickzettel! Darmstadt, Hans, Essen, Sport, Kino, Katastrophen … Ich kurv uns um die Minenfelder von Vietnam! Jede Beziehung braucht auch einen Moderator, du bist der Außenmoderator, ich bin der Innenmoderator, das waren meine Themen, für den stillen See kann ich nichts, wir können auch gerne wieder über uns reden, Guten Abend.

Schweigen. Sonia streicht ihm zart über den Arm.

Sonia

Wollen wir nicht übermorgen kochen? Ich muss morgen so früh raus. Wir können ja unterwegs Pizza mitnehmen.

Lukas

Ja. Gut.

Sonia

Dann ruf ich jetzt an.

Lukas

Gut. Ja.

Sonia

(telefoniert) … Hallo. Könnten wir zwei Taxen haben … Haben Sie Kombis? … Wo ist das hier?

Lukas

Arbeitsamt. Heißt jetzt Agentur für Arbeit. Bismarckstraße.

Sonia

Bismarckstraße, Agentur für Arbeit. *(Zu Lukas)* Können die Fahrer reingehen?

Lukas

Ja.

Sonia

Ja, ist offen … Wir haben ein bisschen Gepäck. – Ja, danke.

Schweigen.

Lukas

Wir halten dann mit drei Wagen vor der Pizzeria.

Sonia

– Ich weiß auch nicht, warum das Leben so kompliziert ist.

Schweigen.

Lukas

Gibst du mir deine Hand?

Sie sitzen Hand in Hand auf den gepackten Kisten.
– Stille.

14.

Ein kleiner weißer Raum. Ein Tisch, zwei Stühle. Der Besuchsraum. Jaro sitzt und starrt auf die Tür. Neben ihm der angebrannte Koffer. – Jule kommt herein, sie trägt keines ihrer Kleider. Setzt sich.

Jule
Hallo.

Jaro
– Ich hab dich überall gesucht.

Jule
Ja.

Jaro
– Ich versteh es nicht.

Jule
Es ist gut.

Schweigen.

Jaro
Ich hol dich morgen ab. Oder wir gehen heute. Mit wem muss ich hier sprechen?

Schweigen. Stimmen aus der Psychiatrie. Jaro versucht, etwas zu erfinden.

Jaro

Wir nehmen den Nachtzug nach Prag … Wir können bei meinem Vater wohnen. Morgen frühstücken wir in einem kleinen Lokal rechts bei der Karlsbrücke. Mit wem muss ich sprechen?

Jule

Ich habe dich auf der Straße gesehen. Auf dem Boden.

Schweigen.

Jaro

Wo?

Jule

Immer an derselben Stelle.

Schweigen.

Jaro

Mir bedeuten die draußen nichts. Ich brauch da keine Anerkennung. Darum geht es doch. Wenn ich da sitze, weiß ich, dass ich mich getrennt habe von der Welt.

Jule

Ich aber nicht. Die ist da, in mir drin. Da drin. Nur hier merk ich sie nicht. Keine Blicke. Keine Angst. Muss nicht rennen.

Jaro

Du bist aber nicht krank.

Jule

Ich weiß nicht, ob hier jemand krank ist.

Jaro

Wir müssen nicht rennen. Kein Mensch sagt, dass wir rennen müssen.

Schweigen.

Jaro

Kann ich bei dir hier ein bisschen bleiben? – Und dann gehen wir später … in ein paar Wochen.

Schweigen.

Jule

Als wir unser Haus gestrichen haben … ich sage einfach «Haus» … Du warst der schönste Mensch, der je auf einer Leiter stand. – Ich muss jetzt zu den andern. *(Will aufstehen)*

Jaro

Jule, warte … *(Hält sie)* Du kannst hier nicht bleiben!

Jule

Nein? Und wo bist du? In welchem Waggon bist du jetzt auf deiner Fahrt?

Schweigen. Sie löst seine Hand.

Jaro

Dein Koffer. Sieh mal … *(öffnet ihn schnell)* … ein paar sind gar nicht verbrannt. Hier! *(Hält ihr Kleider entgegen)*

Sie schaut weg. – Er weint. – Jule umarmt ihn. Er lässt die Kleider nicht los.

Jule

Ich muss zu den andern. *(Wendet sich ab. Geht)*

15.

Das Amt. Jaro sitzt wie am Anfang da mit seinem Instrument. Ein paar von Jules Kleidern hängen von der Decke halb verbrannt herunter. Ihr Koffer steht vor dem Fenster. – – – Umberto kommt mit Milchtüten herein, geht in seinen Shop und beginnt. – – – August, der Mann mit dem Papierstapel, kommt. Er trägt einen großen Baum im Arm und stellt ihn mitten ins Amt. Er setzt sich. – – – Umberto singt, ganz leise, Paulas Lied.

Ende.

Deutschsprachige Literatur bei rororo

Die neuen Klassiker

Elfriede Jelinek
Die Klavierspielerin
Roman. 3-499-15812-4
Einer der meistdiskutierten deutschsprachigen Romane: Der Klavierlehrerin Erika Kohut, von ihrer Mutter zur Pianistin gedrillt, ist es nicht möglich, aus ihrer Isolation heraus eine sexuelle Identität zu finden. Unfähig, sich auf das Leben einzulassen, wird sie zur Voyeurin. Als einer ihrer Schüler mit ihr ein Liebesverhältnis anstrebt, erfährt sie, dass sie nur noch im Leiden und in der Bestrafung Lust empfindet.

Friedrich Christian Delius
Der Königsmacher
Roman. 3-499-23350-9

Peter Rühmkorf
Außer der Liebe nichts
Liebesgedichte. 3-499-23260-X

Helmut Krausser
Schmerznovelle
3-499-23214-6

Peter Schneider
Das Fest der Missverständnisse
Burg erforscht die Medizingeschichte im Nationalsozialismus. Was eher zufällig beginnt, entwickelt sich zu einer zerstörenden Obsession, die auch die Wahrnehmung der Gegenwart zwanghaft überformt.

3-499-22728-2